Josef F. Justen

**Mein Engel
hat mich gerettet**

**Gespräche mit
meinem Schutzengel**

eine spirituelle Biografie

AF205122

*Engel erwarten für ihre Dienste keinen Dank,
sie wollen nur wahrgenommen werden.*

Andreas Tenzer

Josef F. Justen

Mein Engel
hat mich gerettet

Gespräche mit
meinem Schutzengel

eine spirituelle Biografie

Bibliografische Information der Deutschen Nationalbibliothek:
Die Deutsche Nationalbibliothek verzeichnet diese Publikation
in der Deutschen Nationalbibliografie; detaillierte bibliografische
Daten sind im Internet über dnb.dnb.de abrufbar.

Titelfoto: © LMoonlight (Foto auf pixabay)

Herstellung und Verlag:
BoD – Books on Demand, Norderstedt

ISBN: 9783750494398

Vermutlich werden Sie gar nicht mehr wissen, was Sie am 27. November 2011 gemacht haben. Höchstwahrscheinlich war es für Sie ein Tag wie jeder andere.

Für mich war dieser Tag einer, den ich niemals vergessen werde!

Sicherlich werden auch Sie schon auf ein paar Tage Ihres Lebens zurückblicken können, die Ihnen immer unvergesslich bleiben.

Aber einen Tag, an dem das Schicksal in so unerwarteter und segensreicher Weise ins Leben eingreift, werden wohl nur wenige Menschen jemals erlebt haben.

Bis zu diesem denkwürdigen Tag hatte mein Schicksal mir oftmals durchaus unerfreuliche und schmerzhafte Erfahrungen beschert, so dass ich mit ihm hadern zu müssen glaubte. Nun aber zeigte es sich auf eine ganz andere Art, eine Art, die ich nie für möglich gehalten hätte.

Dieser 27. November sollte mein Leben von Grund auf verändern. Er war für mich wie ein zweiter Geburtstag!

Was an diesem höchst ungewöhnlichen Tag geschah und was sich ab diesem in meinem Leben änderte, könnten Sie nicht verstehen, wenn ich Ihnen zuvor nicht in aller Kürze über mein Leben, das ich bis zu jenem Tag geführt hatte, schildern würde.

5

Also, ich wurde am 8. Februar 1965 in einem Dorf im Bayerischen Wald, in der Nähe der Grenze zur ehemaligen Tschechoslowakei, dem heutigen Tschechien, als einziges Kind meiner Eltern, Alfons und Elisabeth Mitterweger, geboren.

Wir wohnten in einem kleinen Haus am Rande eines großen Waldgebietes. Zum Haus gehörte eine Tischlerwerkstatt, die ebenfalls nicht gerade groß war. Hier ging mein Vater schon in der dritten Generation dem Tischlerhandwerk nach. In erster Linie fertigte, reparierte und restaurierte er Kleinmöbel.

Meine Eltern hatten die Hoffnung, ein Kind bekommen zu können, schon fast ein wenig aufgegeben. Um so glücklicher waren sie dann, als ich zur Welt kam. Zu diesem Zeitpunkt war meine Mutter immerhin schon 43 Jahre alt. Mein Vater war ein Jahr jünger. Ich wurde in der kleinen katholischen Dorfkirche auf den Namen Johann, den schon der Vater meines Vaters trug, getauft.

Wie die meisten Menschen in dieser Gegend waren auch meine Eltern sehr fromme Leute. Ein Sonn- oder Feiertag wäre ohne den Besuch der Heiligen Messe nicht denkbar gewesen. Schon ab dem Zeitpunkt, als ich etwa zwei Jahre alt war, nahmen mich meine Eltern immer mit in die Kirche.

Die feierliche Stimmung des Gottesdienstes hat mein kindliches Gemüt stets sehr ergriffen.

Daheim wurde sehr regelmäßig gebetet. Vor und nach jeder Mahlzeit war ein Tischgebet an der Tagesordnung. Wenn ich ins Bett musste, setzte sich meine Mutter noch eine Weile zu mir und sprach für mich ein Abendgebet.

Etwas später sprach ich es dann mit ihr zusammen, noch später allein.

An den Text kann ich mich heute noch gut erinnern:

Heiliger Schutzengel mein,
lass mich Dir empfohlen sein.
In allen Nöten steh mir bei
und halte mich von Sünden frei.

Du hast mich lieb, ich liebe Dich,
so soll es bleiben ewiglich.
Bei Tag und Nacht, ich bitte Dich,
begleite und beschütze mich.

Meine Mutter las mir vor dem Zubettgehen oftmals Märchen und auch Geschichten mit religiösen Motiven vor. Diejenigen Erzählungen, die von Engeln handelten, fanden stets mein besonderes Interesse.

Im Alter von drei oder vier Jahren fragte ich meine Mutter einmal, wer eigentlich der »Schutzengel«, zu dem ich jeden Abend betete, sei.

Sie antwortete: »Der Schutzengel ist ein ganz, ganz liebes himmlisches Wesen mit einem langen weißen Kleid, langen goldenen Haaren und großen goldenen Flügeln. Der liebe Gott schickt ihn zu den Menschen, damit er auf sie aufpasst und sie beschützt. Mit Menschenaugen kann man den Engel leider nicht sehen. Man kann ihn nur mit dem Herzen schauen.«

»Ja, kann der Schutzengel denn auf *alle* Menschen aufpassen?«, wollte ich wissen.

»Nein, selbstverständlich nicht! Jeder Mensch hat seinen eigenen Schutzengel.«

»Kann ich mit meinem Schutzengel auch sprechen?«

»Ja, du kannst ihm alles anvertrauen und ihm alles sagen, was dir auf dem Herzen liegt, so wie du dem lieben Gott auch alles sagen kannst. Nur können wir leider nicht verstehen, was *er* uns sagt. Wir können es aber fühlen.«

Dieses Gespräch fand in der Adventszeit statt. Am Firmament hatte sich gerade ein phantastisches Abendrot abgezeichnet. Meine Mutter führte mich ans Fenster, zeigte auf das Schauspiel und sagte:»Schau mal Hansi, siehst du das große Feuer am Himmel? Da backen jetzt gerade die Engel die Plätzchen, die das Christkind dann Weihnachten den Kindern bringt.«

Ich war ganz fasziniert und fragte:»Ist *mein* Engel auch dabei?«

»Nein, das sind andere Engel. Dein Schutzengel hat ja genug damit zu tun, auf dich achtzugeben!«

Alle diese Erklärungen meiner Mutter lösten eine große Freude in mir aus:»Jetzt habe ich jemanden, dem ich alles anvertrauen und mit dem ich über alles sprechen kann.«

In der Tat hatte ich von nun an einen unsichtbaren und unhörbaren Freund, dem ich immer wieder mein Herz ausschütten konnte. Über viele Jahre hinweg erzählte ich ihm alles, was mich bewegte und bedrückte. Auch in meine Dankgebete schloss ich ihn ein.

Wann immer ich in den nächsten paar Jahren am Weihnachtsfest auf meinem bescheidenen Gabentisch einen Teller mit Gebackenem vorfand, bedankte ich mich bei den Engeln, dass sie mir so leckere Plätzchen gebacken hatten.

An dem Weihnachtstag vor meiner Einschulung schenkten meine Eltern mir eine Engelfigur aus Ton. Der Engel sah genau so aus, wie meine Mutter ihn mir beschrieben hatte: Er trug ein langes weißes Kleid, goldene Haare und große goldene Flügel.

Nun konnte ich also auch meinen Engel sehen, wenn ich mit ihm redete.

Dann wurde ich mit sechs Jahren eingeschult. Die Schule lag drei Kilometer von unserem Haus entfernt. Einen Schulbus gab es nicht. So musste ich die Strecke täglich zu Fuß zurücklegen, was mir aber nichts ausmachte, zumal ich von einigen Mitschülern, die in der Nachbarschaft wohnten, begleitet wurde.

Das Lernen machte mir Spaß. Ich kam ganz gut voran. Nachmittags, wenn ich mit den Hausaufgaben fertig war, strolchte ich meistens mit einigen Freunden im Wald herum. Häufig kletterten wir Bäume hinauf. Das machte mir besonders viel Spaß. Kein Baum konnte mir hoch genug sein.

Manchmal unterhielten wir uns über unsere Schutzengel. Je älter ich wurde, desto mehr musste ich feststellen, dass viele meiner Freunde nicht mehr an ihn glaubten. Einer meiner Schulfreunde sagte einmal: »An Engel glauben nur Babys!«
    Nun gewöhnte ich es mir langsam ab, im Beisein anderer über meinen Engel zu reden. Schließlich wollte ich nicht, dass mich meine Freunde für ein ›Baby‹ hielten.

Als ich dann so acht oder neun Jahre alt war, spielte mein Schutzengel eine immer geringere Rolle in meinem Leben. Nur noch selten bezog ich ihn in meine Gedanken und Vorstellungen ein. Allerdings betete ich noch recht regelmäßig zu ihm, wenngleich ich das mehr aus Gewohnheit machte.

Zu meinem zehnten Geburtstag schenkten meine Eltern mir ein Taschenmesser. Ich suchte mir jetzt häufig im Wald einen geeigneten Ast, der als Spazierstock umfunktioniert werden konnte. Diesen verzierte ich mit schönen Schnitzereien. Mein Vater lobte mich häufig für das Ergebnis meiner Arbeit, auch wenn diese noch weit von einer Perfektion entfernt war.
    Insgesamt war es eine schöne und recht unbeschwerte Kindheit.

Kurz nachdem ich zehn Jahre alt geworden war, endete meine Zeit in der Grundschule. Einige meiner Klassenkameraden wechselten jetzt auf die Realschule oder sogar aufs Gymnasium. Mein Klassenlehrer meinte, dass ich nicht unbedingt das Zeug für eine höhere Schule habe und später lieber einen handwerklichen Beruf ergreifen solle. Somit ging ich dann noch fünf Jahre auf die Hauptschule.

Etwa zwei Jahre, nachdem ich auf die Hauptschule gewechselt war, verspürte ich plötzlich ein höchst sonderbares Bedürfnis: Ich wollte unbedingt die tschechische Sprache erlernen.

Ich konnte es mir eigentlich selbst nicht erklären. Obwohl Lernen und Lesen nicht unbedingt zu meinen Lieblingsbeschäftigungen zählten, war der Drang so stark, dass ich mir einige Lehrbücher kaufte und mich immer wieder in sie vertiefte.

Meine Eltern konnten mein Interesse nicht nachvollziehen. Meine Mutter meinte: »Warum lernst du nicht irgendeine andere Sprache, mit der du später etwas anfangen kannst. Wegen des Kalten Krieges kannst du ohnehin nicht in die Tschechoslowakei reisen. Also, wo und mit wem willst du tschechisch reden?«

Aber ich ließ mich nicht beirren. Schon nach drei, vier Jahren beherrschte ich die Sprache recht gut.

Leider gab es nur selten die Gelegenheit, meine neuen Kenntnisse in Gesprächen mit anderen Menschen einzusetzen. Allerdings bekam ich später einen neuen Sportlehrer, der vor Jahren aus der Tschechoslowakei ausgewandert war. Mit ihm konnte ich mich hin und wieder in seiner Muttersprache unterhalten. Er war immer voll des Lobes über mein Tschechisch.

Im vorletzten Jahr meiner Schulzeit fuhr ich mit meiner Klasse für eine Woche in ein Schullandheim nach Hessen. Die Schulleitung hatte für die Fahrt ein Busunternehmen beauftragt.

Auf der Rückfahrt – wir waren schon fast wieder daheim – verspürte ich plötzlich so eine Art Drang, meinen Platz im Bus zu wechseln. Während ich die ganze Zeit zuvor auf der rechten Seite saß, wählte ich nun einen freien Platz auf der linken. Ich kann nicht wirklich sagen, was mich dazu veranlasst hatte.

Kurze Zeit später kam es zu einem ganz fürchterlichen Unglück: Der Bus kam von der Fahrbahn ab, stürzte eine Böschung hinunter und blieb auf der rechten Seite liegen.

Viele Mitschüler – insbesondere diejenigen, die auf der rechten Seite saßen – wurden schwer verletzt. Zwei starben.

Ich kam mit dem Schrecken sowie Prellungen und ein paar Kratzern davon.

Ich hatte riesengroßes Glück!

Mit fünfzehn Jahren schloss ich meine Schulzeit ab. Ich hatte mir nie große Gedanken darüber gemacht, welchen Beruf ich ergreifen könnte. Zum einen waren in unserer Gegend geeignete Lehrstellen dünn gesät, zum anderen war eigentlich klar, dass ich bei meinem Vater das Tischlerhandwerk lernen werde. Für meinen Vater stand immer fest, dass ich später den kleinen Betrieb übernehmen sollte. Deshalb wäre es für ihn auch nie eine Option gewesen, mich auf ein Gymnasium zu schicken.

So kam es dann auch.

In den nächsten drei Jahren bildete mich mein Vater zum Tischler aus. Er war ein strenger, aber auch sehr gütiger Lehrmeister. Einen besseren hätte ich mir nicht wünschen können. Schon früh zeigte ich Geschick für diese Tätigkeit, die mir auch durchaus Freude bereitete.

Mein Plan war es, nach der Ausbildung noch etwa ein Jahr in der väterlichen Werkstatt zu arbeiten. Dann wollte ich mir irgendwo in einer Stadt eine Stelle als Tischler in einem größeren Betrieb suchen. Da der Betrieb meines Vaters nicht viel abwarf, hätte ich im Grunde kein eigenes Einkommen gehabt. Später, wenn mein Vater sich aus Altersgründen zur Ruhe setzen würde, könnte ich immer noch seine Tischlerei übernehmen, dachte ich.

Aber es sollte anders kommen.

Kurz nach Abschluss meiner Ausbildung starb mein Vater. Sein Tod kam recht überraschend, zumal er nie ernsthaft krank und erst sechzig Jahre alt war.

Es blieb mir jetzt nichts anderes übrig, als den Betrieb zu übernehmen. Da mein Vater mich sehr gut ausgebildet hatte, fand ich mich auch schnell bestens zurecht.

Allerdings florierte das Geschäft nicht gerade. Die Leute aus der näheren Umgebung, also die potentiellen Kunden, waren durchweg recht arm, so dass sie sich keine teuren neuen Möbel leisten konnten. Allenfalls gaben sie mal ein Kleinmöbelstück in Auftrag. Meistens brauchten sie mich aber nur, um alte Möbel zu restaurieren oder ein wenig aufzuhübschen.

Es kam mir jetzt nicht mehr in den Sinn, den Betrieb aufzugeben und mir in der Stadt eine besser dotierte Stelle zu suchen. Zum einen wollte ich meine Mutter nicht allein lassen, zum anderen fühlte ich mich der Familientradition verpflichtet.

Das, was die Tischlerei abwarf, war – wie man so schön sagt – zum Leben zu wenig und zum Sterben zu viel. Dennoch kamen meine Mutter und ich finanziell immer einigermaßen über die Runden. Meine Mutter hatte schon vor vielen Jahren ein großes Gemüsebeet in unserem Garten angelegt. Außerdem hatten wir einige Hühner, so dass wir uns zumindest mit Kartoffeln, Gemüse, Salat und Eiern selbst versorgen konnten.

Als ich 21 Jahre alt war, kam eines Tages eine junge Frau in meine Werkstatt. Sie brachte einen Stuhl vorbei und bat mich, das abgebrochene Bein durch ein neues zu ersetzen.

Die sehr attraktive Dame mit ihren auffallend langen hellblonden Haaren hatte ich schon hin und wieder in der Kirche oder auf dem Kirchplatz wahrgenommen. Auch meinte ich, sie vor Jahren schon mal auf dem Schulhof gesehen zu haben. Aber ich kannte sie nicht wirklich.

Ich sagte ihr, dass sie den Stuhl in drei Tagen wieder abholen könne.

In diesen drei Tagen ging mir die hübsche Dame nicht mehr aus dem Kopf. Als sie dann kam, um den reparierten Stuhl in Empfang zu nehmen, sagte ich: »Wenn Sie nächsten Sonntag mit mir nach der Kirche einen Spaziergang machen, brauchen Sie nichts zu bezahlen.«

Sie lächelte etwas verlegen und antwortete: »Sie hatten doch Arbeit! Also werde ich Sie auch entlohnen. Aber mit dem Spaziergang bin ich trotzdem einverstanden. Das können Sie als Ihr Trinkgeld auffassen.«

Meine Freude über diese Zusage sowie meine Vorfreude auf den nächsten Sonntag waren riesengroß.

Am folgenden Sonntag sah ich sie schon während des Gottesdienstes. Im Anschluss erwartete ich sie auf dem Kirchplatz.

Zielstrebig kam sie auf mich zu und sagte mit einem Lächeln: »Hallo, ich bin die Magdalena Oberhuber. Ich bringe Ihnen Ihr Trinkgeld!«

»Grüß Sie, ich heiße Johann Mitterweger. So ein großzügiges Trinkgeld habe ich noch nie bekommen!«

Dann begaben wir uns auf einen gut zweistündigen Spaziergang. Wir waren uns gleich sehr sympathisch und kamen überein, uns zu duzen. Wir unterhielten uns sehr angeregt.

So wie Magdalena unterwegs einiges über mich erfuhr, erfuhr ich einiges über sie.

Sie war knapp ein Jahr jünger als ich und lebte bei ihren Großeltern im Nachbardorf. Sie war schon seit ihrer frühen Kindheit Vollwaise.

In der Tat hatte sie die gleiche Schule wie ich besucht, allerdings eine Klasse unter meiner. Nach dem Schulabschluss machte sie eine Lehre zur Einzelhandelskauffrau in einem Blumengeschäft, in dem sie auch jetzt noch als Verkäuferin arbeitete.

Schon bald wurde aus dieser Bekanntschaft erst Freundschaft, dann Liebe.

An den Wochenenden gingen wir viel spazieren und manchmal auch zum Tanzen. Oft verbrachten wir die Abende bei mir oder bei ihr daheim. Magdalena und meine Mutter mochten sich vom ersten Tage an. Auch ich kam mit ihren Großeltern ganz gut aus.

Irgendwie war sowohl Magdalena als auch mir schon bald klar, den Partner fürs Leben gefunden zu haben.

Bereits im Jahr darauf schlossen wir in der Dorfkirche den Bund fürs Leben.

Als ich meine Braut am Altar sah, dachte ich: »Ihr fehlen nur noch die goldenen Flügel. Dann sähe sie so aus, wie ich mir früher immer meinen Schutzengel vorgestellt habe!«

Da auch Magdalena und ihre Großeltern nicht gerade betucht waren, hatte sie sich ihr Hochzeitskleid von einer Cousine geliehen. Den schwarzen Anzug, den ich trug, hatte ich mir vor Jahren anlässlich der Beerdigung meines Vaters gekauft.

Nach der Heirat zog Magdalena zu mir und meiner Mutter in unser bescheidenes Häuschen. Wir waren vom ersten Tage an sehr glücklich miteinander.

Magdalena war sehr geschäftstüchtig und hatte häufig ganz ausgezeichnete Ideen. Als wir eines Abends in der Küche saßen, sagte sie: »Du Hansi, du bastelst doch gerne. Hättest du nicht Lust, Spielzeug und Christbaumschmuck aus Holz anzufertigen? Bei deinem handwerklichen Geschick und deiner Phantasie würden da bestimmt ganz tolle Sachen entstehen! Wir könnten das dann in der Werkstatt anbieten. Du wirst sehen, die Leute mögen so etwas. Was hältst du davon?«

Ich fand die Idee genial, hatte aber so meine Zweifel, ob die Leute aus der Nachbarschaft sich das leisten könnten.

Wie auch immer – schon in der nächsten Woche machte ich mich an nahezu jedem Abend ans Werk. Ich bastelte Holzautos, Holztrecker und vieles mehr. Magdalena malte alles farbig an.

In der Tischlerei teilten wir eine Ecke ab, in die wir ein Regal und einen kleinen Tisch als Theke postierten. In das Regal stellten wir unsere Werke. Jetzt hatten wir also einen kleinen Verkaufsladen.

Magdalena gab ihren Job im Blumengeschäft auf und wartete den ganzen Tag auf Kundschaft.

Die Leute, die jetzt kamen, um beispielsweise ihre Möbel reparieren zu lassen, wurden auf das Spielzeug aufmerksam und kauften hin und wieder auch etwas.

Es sprach sich herum, so dass in den nächsten Monaten auch viele Kunden von weiter her kamen und Holzspielzeug kauften.

Im Oktober des nächsten Jahres produzierten wir erstmals Christbaumschmuck aus Holz: Sterne, Tannenbäume – und natürlich Engel. In der folgenden Adventszeit verkauften sich diese erstaunlich gut.

Wir fertigten jetzt immer mehr Weihnachtsschmuck aus Holz, den wir in der Adventszeit insbesondere auf Weihnachtsmärkten der näheren und auch weiteren Umgebung feilboten. Es war ein sehr gutes Geschäft. Auf diese Weise machten wir in den kommenden Jahren in der Vorweihnachtszeit meistens einen doppelt so großen Umsatz wie im gesamten Jahr mit meinem eigentlichen Kerngeschäft.

Auch erinnerte ich mich wieder daran, dass ich als Kind gern Spazierstöcke geschnitzt hatte. Ich griff dieses Hobby nun wieder auf. Natürlich kaufte ich mir jetzt ein professionelles Schnitzmesser. Die fertigen Stöcke gaben wir in ein Geschäft, das vorwiegend Artikel für Touristen im Sortiment hatte, auf Kommission. Sie verkauften sich ebenfalls ganz gut.

Knapp drei Jahre nach unserer Hochzeit machte mir meine Frau die freudige Mitteilung, dass sie schwanger war. Wir freuten uns beide riesig auf die Geburt unseres Kindes.

Dann war es so weit. Magdalena wurde von einem gesunden Mädchen entbunden.

Als wir gemeinsam überlegten, welchen Namen wir ihr geben wollten, kam mir ganz spontan die Idee: »Was hältst du davon, wenn wir unsere Tochter auf den Namen Angela, was ja so viel wie ›Engel‹ bedeutet, taufen lassen?«

Magdalena war sofort einverstanden: »Der Name passt sehr gut! Sie ist ja wirklich unser kleiner Engel.«

Von Anfang an stand fest, dass Angela unser einziges Kind bleiben würde. Magdalena hatte von Hause aus eine etwas schwächliche physische Konstitution, so dass ihr Arzt schon von dieser Schwangerschaft abgeraten hatte.

Meiner Mutter ging es schon seit einigen Monaten nicht so gut. Sie war zwar noch nicht einmal siebzig Jahre alt, aber durch ihr doch recht beschwerliches Leben hatte sie sich ziemlich aufgearbeitet und wirkte auch deutlich älter.

Wenige Wochen vor der Geburt unserer Tochter wurde sie bettlägerig. Magdalena und ich kümmerten uns so gut es ging um sie. Meine Mutter war noch vom ›guten alten Schlag‹. Sie machte kein großes Aufheben wegen ihrer Situation, die sie mit großer Demut, Geduld und ganz viel Gottvertrauen zu ertragen wusste. In keiner Sekunde fiel sie uns irgendwie zur Last.

Als wir einmal an ihrem Bett saßen, sagte sie: »Ich habe in meinem Leben nur noch einen einzigen Wunsch: Ich möchte wenigstens einmal mein Enkelkind in den Armen halten. Dann bin ich bereit zu gehen.«

Drei Tage nach Angelas Geburt wurde ihr der letzte Wunsch erfüllt. Wir legten ihr die Kleine für ein paar Minuten in ihren Arm. Meine Mutter war ganz selig vor Glück: »So ein schönes Mädchen! Und so ein schöner Name!«
Dann hielt sie eine Weile inne, schaute Angela nochmals ganz tief in die Augen und fuhr fort: »Das Kind ist eigentlich viel zu schade für diese Welt!«

Über den letzten, fast prophetisch anmutenden Satz machte ich mir zunächst keine Gedanken.
Anschließend bat meine Mutter darum, die Letzte Ölung zu empfangen. Der Priester, den ich sogleich verständigte, kam noch am selben Abend und spendete ihr das Sakrament.

Zwei Tage später – es war 19 Uhr – machte meine Mutter mit einem unüberhörbaren Klopfzeichen auf sich aufmerksam. Wir hatten im Vorhinein dieses Zeichen für den Fall, dass sie dringend unserer bedarf, vereinbart. Eilig gingen wir in ihr Zimmer.
Sie sagte mit zarter und sehr leiser Stimme: »So, meine lieben Kinder: Jetzt ist es gleich so weit!«

Uns war natürlich sofort klar, was sie meinte. Meine Mutter gehörte zu den Menschen, die ein untrügliches Gespür dafür haben, wann es so weit sein wird, die Schwelle des Todes zu überschreiten.

»Sollen wir die Kleine noch holen?«, fragte Magdalena.
»Nein, lass das Engelchen mal schön schlafen!«

Dann gab meine Mutter erst Magdalena, dann mir die Hand, um sich zu verabschieden. Sie zeichnete uns noch ein Kreuz auf die Stirn und segnete uns. Sie faltete die Hände und schloss die Augen, atmete aber noch.

Magdalena und ich blieben an ihrem Sterbebett sitzen und sprachen ein Gebet. Wenige Minuten später machte meine Mutter ihren letzten Atemzug.

Die Beerdigung meiner Mutter war die dritte, der wir im letzten halben Jahr beiwohnten. Erst starb Magdalenas Großvater, dann sechs Wochen später ihre Großmutter. Beide hatten aber ein gesegnetes Alter erreicht.

Da meine Mutter mir zeitlebens immer sehr nahegestanden ist, war ich natürlich recht traurig. Allerdings gab es auch einen durchaus egoistischen Grund für meine Traurigkeit: Wir hatten die Hoffnung, dass sie Angela in den ersten Jahren etwas versorgen könnte, damit sich Magdalena mehr um das Geschäft, das insbesondere in der Vorweihnachtszeit recht boomte, kümmern könnte.

Unsere kleine Tochter war unser Sonnenschein. Sie war ein sehr hübsches und äußerst liebenswürdiges Wesen. Ich verbrachte sehr viel Zeit mit ihr.
So las ich ihr häufig die gleichen Geschichten vor, die meine Mutter mir in meiner Kindheit vorgelesen hatte. Auch erzählte ich ihr immer wieder von ihrem Schutzengel, an den sie genauso fest glaubte wie ich als Kind.

Wenn meine Zeit es erlaubte und das Wetter es zuließ, stöberte ich mit ihr im Wald umher. Dort fühlte sie sich stets besonders wohl. Weder zuvor noch später hatte ich ein Kind gesehen, das alles, was es in der Natur zu beobachten gibt, so genau und liebevoll betrachtete. Wenn sie einen besonderen Baum, eine außergewöhnliche Pflanze oder einen schön geformten Stein wahrnahm, so verharrte sie schweigend und wandte ihren Blick oft minutenlang nicht von dem Objekt ihrer Betrachtung ab. Dabei hatte ich bisweilen den Eindruck, wie wenn sie mit dem, was sie gerade anschaute, kommunizieren würde.

Angela war in vielerlei Hinsicht kein Kind wie jedes andere. Sie war – auch als sie schon in der Schule war – sehr verspielt und verträumt. Manchmal hatte ich das Gefühl, dass sie in einer anderen Welt lebt, einer Welt, die sich uns nicht erschloss. In der Schule fand sie sich nicht gut zurecht. Sie war gewiss alles andere als dumm, aber das Lernen lag ihr nicht besonders. Da sie auch mit dem Lesen und Schreiben große Schwierigkeiten hatte, musste sie die erste Klasse wiederholen.

Oftmals kam mir jetzt der Satz meiner Mutter, den sie auf ihrem Sterbebett sprach, wieder in den Sinn: »Das Kind ist eigentlich viel zu schade für diese Welt!«

Auch mit ihren Klassenkameraden und den Kindern aus der Nachbarschaft konnte Angela nicht viel anfangen, und umgekehrt war es nicht anders. Am liebsten war sie für sich allein – in ihrem Zimmer, im Garten oder im Wald – oder mit uns zusammen.

Wenn sie allein war, konnte sie sich immer bestens mit sich selbst beschäftigen. Es war immer sehr interessant, ja eine große Freude, ihr dabei zuzuschauen. Schon bald wurde uns klar, dass es keinen Sinn macht, unserer Tochter Spielsachen zu schenken. Mit dem Zeug konnte sie nichts anfangen. Sie bevorzugte es, sich Steine oder Stöckchen zu suchen, mit denen sie sich dann herrlich beschäftigte.

Als sie etwas älter war, bastelte sie sich mit Stroh und Draht eigene Puppen, mit denen sie ganz toll spielen konnte.

Ein paar Wochen vor ihrem zehnten Geburtstag wurde Angela dann noch etwas merkwürdiger.

Sie schien an nahezu allem das Interesse zu verlieren. Sie hockte meistens nur rum und sinnierte. Lediglich wenn wir sie etwas fragten, gab sie Antwort. Ansonsten sprach sie kaum noch. Auch mussten wir sie regelrecht zwingen, zumindest ein wenig zu essen und zu trinken. Sie machte bisweilen den Eindruck, als hätte sie in ihrem kurzen Leben schon alles erfahren und erlebt, was ihr wichtig war.

Als Magdalena sie am Tage ihres zehnten Wiegenfestes – es war übrigens Karfreitag – wecken wollte, hörte ich in der Küche, in der ich gerade saß, einen ohrenbetäubenden Schrei. Ich eilte in Angelas Zimmer: Sie lag tot in ihrem Bett!

Magdalena und ich waren außer uns. Wir konnten es nicht fassen. Es dauerte Stunden, bis wir begriffen, was geschehen war. Unser Sonnenschein war tot!

Erst am Tage der Beerdigung hatte ich diesen Schicksalsschlag einigermaßen realisiert. Wieder kam mir die Aussage meiner Mutter in den Sinn: »Das Kind ist eigentlich viel zu schade für diese Welt!«
Als der Pfarrer uns kondolierte, sagte er: »Das sind ganz besondere Menschen, die an einem Karfreitag, an dem Tag, an dem unser Herr den Kreuzestod erlitt, sterben!« Ich verstand nicht so ganz, was der Pfarrer damit genau meinte, aber dass unsere Tochter ein wirklich besonderer Mensch war, wusste ich sehr wohl.

Meine Frau trauerte noch sehr lange und sehr tief um unsere Tochter. Natürlich war auch ich todtraurig, aber es gab ein paar Gedanken, die mich sehr trösteten.

Als gutem Katholiken war mir zunächst einmal klar, dass die menschliche Existenz nicht mit dem Tode endet. Ich sagte mir: »Meine kleine Angela wird jetzt irgendwo da oben sein. Ihr Schutzengel wird gewiss auch jetzt bei ihr sein. Vielleicht ist sie nun mit meinen Eltern zusammen.«

Dann hatte ich häufig so ein ganz sonderbares Gefühl: Mir war, wie wenn Angela bei mir wäre, auch wenn ich sie weder sehen noch hören konnte. Dieses Gefühl war manchmal sehr stark und recht real.

In den folgenden Monaten machte ich mir zum ersten Mal sehr intensive Gedanken über gewisse spirituelle Fragen. So sinnierte ich über den Sinn eines so frühen Todes, ganz allgemein über das Schicksal und über das, was ein Verstorbener in der jenseitigen Welt wohl erleben wird.

Mir war klar, dass Angela in ihrem kurzen Erdenleben noch keine Schuld auf sich geladen hatte, so dass ihr das, was im Katholizismus als »Fegefeuer« bezeichnet wird, erspart bleiben dürfte. »Sie ist ganz gewiss schon im Himmel, wo es ihr sicher gut ergeht«, dachte ich.

Aber ganz genau konnte man das eigentlich nicht wissen.

Auch mit Magdalena bewegte ich oftmals diese Fragen. Es ist uns aber nie gelungen, zu befriedigenden Antworten zu kommen. In einigen Büchern konnten wir diese ebenfalls nicht finden. Die Tatsache, dass ich keine Antworten auf diese Fragen fand, quälte mich bisweilen mehr als der Tod unserer Tochter.

Spätestens ein halbes Jahr nach Angelas Tod war wieder »Business as usual« angesagt. Die Weihnachtszeit nahte. Daher verbrachten Magdalena und ich wieder sehr viel Zeit damit, Holzspielzeug und Christbaumschmuck zu fertigen und zu bemalen.

Das Weihnachtsgeschäft lief immer besser. Die Artikel waren sehr begehrt. Unser Kundenkreis wurde von Jahr zu Jahr größer.

Somit ging es uns nun finanziell so gut, dass wir uns auch mal etwas leisten konnten, was zu Beginn unserer Ehe unmöglich gewesen wäre. Insbesondere nahmen wir uns jetzt mindestens zweimal im Jahr die Zeit für einen Kurzurlaub. Meistens fuhren wir ins benachbarte Tschechien, was nun nach der Grenzöffnung problemlos möglich war. In Tschechien war es noch besonders preisgünstig, Urlaub zu machen. Hier hatte ich jetzt endlich die Gelegenheit, meine tschechischen Sprachkenntnisse anzuwenden.

Darüber hinaus gönnten wir uns erstmals ein vernünftiges Auto. Bisher hatten wir immer nur alte Schrottkarren gefahren. Auch für längst notwendige Sanierungsarbeiten an unserem alten Häuschen war jetzt Geld da.

Wenngleich wir immer wieder einmal in ein tiefes Loch fielen, weil wir unsere Angela noch sehr vermissten, waren uns jetzt fünf recht schöne und glückliche Jahre vergönnt.

Doch dann zogen dunkle Wolken auf. Die Schicksalsmächte, mit denen – wie Friedrich Schiller es ausdrückte – kein ew'ger Bund zu flechten ist, schlugen wieder einmal zu.

Magdalena hatte plötzlich – fast von heute auf morgen – gewisse Ausfallerscheinungen. Sie hatte starke Seh- und Empfindungsstörungen und leichte Lähmungserscheinungen an den Extremitäten.

Die ärztliche Untersuchung ergab eine fürchterliche Diagnose: Meine Frau hatte eine besonders schwere und recht seltene Form der Multiplen Sklerose.

Wir waren schockiert.

Zwar verschwanden die Symptome nach einigen Wochen fast zur Gänze, aber sie traten schubweise immer wieder auf. Mit jedem Schub wurden sie heftiger.

Zwei Jahre nach dieser niederschmetternden Diagnose brauchte Magdalena einen Rollstuhl, den sie nur selten entbehren konnte. Immerhin konnte sie ihre Hände noch bewegen.

Aber es wurde immer schlimmer. Nach weiteren gut zwei Jahren kam sie gar nicht mehr ohne ihren Rollstuhl aus. Außerdem war sie auf einem Auge blind und die Sehkraft auf dem anderen war nur noch sehr gering. Zudem hatte sie trotz ihrer starken Medikamente häufig erhebliche Schmerzen.

Sie ertrug ihr Schicksal mit einer bewundernswerten Gelassenheit und Ergebenheit.

Mein Tagesablauf war jetzt ganz auf meine pflegebedürftige Frau ausgerichtet. Nur noch in einigen Fällen konnte ich die Aufträge meiner Kunden erledigen. Beruf und Geld hatten für mich in dieser Phase keine Bedeutung.

Eines Abends kniete ich mich in der Küche vor unserem Herrgottswinkel nieder und wandte mich mit fast wütender Stimme an Gott: »Oh Gott! Du hast mir schon einiges an Leid geschickt. Ich habe es immer auf mich genommen, ohne mich zu beschweren. Aber das, was Du mir jetzt auferlegst, ist einfach zu viel! Wenn Du meine liebe Frau wieder halbwegs gesund machst, kannst Du alles von mir haben: Meine Werkstatt, mein schönes Auto, mein ganzes Geld!«

Aber Gott oder die Schicksalsmächte lassen nicht mit sich handeln!

Magdalenas Zustand wurde immer dramatischer. Sie konnte jetzt das Bett nicht mehr verlassen. Sie konnte sich nahezu nicht mehr bewegen, kaum sprechen und gar nicht mehr sehen.

Trotzdem war in ihr keine Spur von Groll oder Verzweiflung zu finden.

Wenige Wochen nachdem der Zustand eintrat, dass sie nur noch so dahinsiechte, wurde sie am 22. November 2011 von ihren Leiden erlöst.

Bis zuletzt hatte ich die völlig unrealistische Hoffnung, dass sie noch gesund werden könnte. Bis zuletzt hatte ich geglaubt, dass mein ›Pakt‹ mit Gott funktionieren könnte.

Magdalenas Tod zog mir den Boden unter den Füßen weg! Noch an ihrem Totenbett beschimpfte ich Gott, da er uns nicht geholfen hatte: »Du bist kein gerechter und gütiger Gott! Wärest Du gerecht und gütig, hättest Du mir nicht erst meine kleine Tochter und jetzt auch noch meine Frau genommen! Gibt es Dich überhaupt? Vielleicht habe ich mir Dich ja immer bloß eingebildet!«

Meine Trauer, mein Zorn und meine Wut waren grenzenlos.

Erst nach Stunden gelang es mir, mich wieder ein bisschen zu beruhigen. Ich musste jetzt funktionieren; schließlich musste ich Magdalenas Beerdigung organisieren.

In diesen drei Tagen war ich irgendwie nicht bei mir. Automatenhaft erledigte ich alles, was es zu erledigen galt. Wie in Trance nahm ich an Magdalenas Beerdigung am 25. November teil.

Die Worte des Pfarrers konnten mich nicht ansatzweise trösten.

Am nächsten Tag verließ ich das Haus nicht. Ich konnte keinen Bissen essen. Obwohl ich normalerweise immer einen sehr hohen Bewegungsdrang verspürte, blieb ich fast den ganzen Tag wie angewurzelt im Sessel hocken.

Meine Gedanken fuhren Karussell, sie drehten sich im Kreis, wobei nicht ein einziger klarer dabei war. Meine Gefühle fuhren Achterbahn. Sie wechselten zwischen abgrundtiefer Wut auf Gott und mein Schicksal und tiefer innerer Leere, Einsamkeit und Verzweiflung.

In der Nacht konnte ich kaum schlafen. In den kurzen Schlafphasen quälten mich wirre Träume, an die ich mich nach dem Aufwachen nur noch schemenhaft erinnern konnte.

Dann, als ich aufstand, wurde Sonntag, der 27. November 2011 geschrieben. Es war der Tag, an dem so Merkwürdiges und Bedeutungsvolles geschehen sollte.

Ich war jetzt, nachdem ich mich angezogen hatte, erstaunlich ruhig und ging meine Situation noch einmal kurz gedanklich durch:
Zwei Tage zuvor wurde meine liebe Frau nach langem, schwerem Leiden zu Grabe getragen. Vor zehn Jahren starb meine geliebte Tochter Angela. Auch meine Eltern lebten nicht mehr.

Jetzt war ich ganz allein auf der Welt. Den Glauben an Gott und an meinen Schutzengel hatte ich verloren. Das Leben schien für mich keinen Sinn mehr zu machen. Was sollte ich noch auf der Welt!

Es schien für mich nur eine mögliche Konsequenz zu geben. Mein Entschluss stand fest: Ich wollte nicht mehr leben. Ich wollte meinem Leben ein Ende setzen.

Gegen 10 Uhr nahm ich mir mein Schnitzmesser, mit dem ich so viele schöne Dinge gefertigt hatte, steckte es ein und verließ das Haus. Ich schaute mich noch einmal um und verabschiedete mich innerlich von meinem Elternhaus, das mir zeitlebens immer eine gewisse Geborgenheit schenkte.

Es war ein typischer Spätherbsttag. Auf den Wiesen lag schon Raureif. Der Frühnebel begann gerade, sich ein wenig zu lichten, so dass schon einige Sonnenstrahlen durchbrechen konnten.

Ich begab mich in den Wald, der an unser Haus grenzte und in dem ich schon so viele Tausend Male war. Ohne an irgendetwas zu denken, ging ich – fast wie ferngesteuert – an dem kleinen Bach entlang und hielt Ausschau nach einem Plätzchen, das mir für meinen Abschied von der Erdenwelt geeignet erschien.

Nach etwa einer Viertelstunde blieb ich stehen. Ich hatte einen Platz gefunden. Am Ufer des Baches setzte ich mich auf einen großen Stein und holte das Messer aus der Tasche, mit dem ich mir die Pulsadern aufschneiden wollte.

Doch dann hielt ich ein wenig inne.

Mir wurde gewahr, dass an dieser Stelle des Baches das Wasser besonders stark sprudelte. Es war so etwas wie eine kleine Quelle, die den Bach zusätzlich speiste. Ich war ein wenig überrascht und dachte: »Jetzt bin ich schon so oft an dieser Stelle vorbeigekommen und habe nie diesen Strudel wahrgenommen. Gut, meistens war ich im Frühjahr und Sommer hier, so dass die Gräser und Blätter der Büsche am Ufer vermutlich die Sicht versperrt hatten.«

Trotz meiner völlig niedergeschlagenen Stimmung und meines festen Vorhabens, meinem Leben ein jähes Ende zu setzen, nahm mich dieses Wasserspiel gefangen und lenkte mich kurzfristig ein wenig von meinem fürchterlichen Plan ab.

Dann geschah das Unfassbare:

Mir war, wie wenn jemand seinen Blick auf mich richten, wie wenn jemand mich prüfend anschauen würde. Es war aber weit und breit niemand zu sehen.

Nach einer kurzen Weile vernahm ich ganz deutlich eine Stimme, die mich bei meinem Namen rief:

* * * * * * * * * * * * * * * * * * *

Johann! --- Johann! ---- Fürchte dich nicht, Johann!

Mir war sofort klar, dass es keine normale menschliche Stimme war, die da an mein Ohr drang. Trotzdem drehte ich mich erneut reflexartig um, schaute nach allen Seiten, konnte aber niemanden erblicken.

Was hast du da nur vor, Johann!

Erst glaubte ich, dass die Stimme aus der Quelle kam. Dann aber hatte ich eher den Eindruck, dass diese sonderbare Stimme, die sehr empathisch, recht zart und ein wenig traurig klang, gewissermaßen aus mir selbst kam. Sie war in mir drin. Sie stieg aus meinem Inneren empor. Es war in etwa so, wie wenn meine Gedanken zu mir sprechen würden. Besser kann ich es nicht beschreiben. Obwohl es draußen doch schon recht kalt war, wurde mir innerlich ganz warm. Ich verspürte am ganzen Körper ein wohliges Kribbeln, Flirren und Vibrieren.

Gleichzeitig breitete sich eine große Helligkeit um mich herum aus. Es war aber keine Helligkeit, die von außen kam. Vielmehr verspürte ich, dass mein Bewusstsein so hell und klar war, wie ich das nie zuvor gekannt hatte. Ich war nicht nur wach – ich war überwach.

Nachdem ich erkannt hatte, dass die Stimme aus meinem Inneren tönte, vermutete ich zunächst, dass es mein Gewissen war, das sich da – viel deutlicher als üblich – zu Wort meldete. Ich war mir aber nicht sicher, und so fragte ich, ohne eine Antwort zu erhoffen:

»Wer bist du? Wer oder was spricht da mit mir?«

Ich bin es! Ich, zu dem du als Kind so oft gebetet hast! Ich, der dir in deinem Leben schon so oft geholfen hat, auch wenn du es nie bemerkt hast! Ich, der dich viel besser kennt als du dich selbst!

Eine große innere Erregung ergriff mich. Ich zitterte am ganzen Körper und fürchtete, jetzt dafür bestraft zu werden, dass ich Gott so beschimpft hatte. Ganz leise und ein wenig ängstlich fragte ich:

»Ja, bist du etwa Gott?«

Nein, natürlich nicht!

»Wer dann?«

Ich bin dein Engel, dein Schutzengel.

Sogleich musste ich daran denken, wie sehr ich diesen unsichtbaren Freund als Kind verehrt und wie wenig ich in den letzten Jahren an ihn gedacht hatte.

Wie die meisten Erwachsenen hielt ich mittlerweile sogar die Existenz von Engelwesen für ein wenig fragwürdig. Nun war mir zwar klar, dass gerade etwas ganz Außergewöhnliches passierte, dennoch konnte ich noch nicht glauben, dass es ein oder gar mein Engel war, der zu mir oder aus mir sprach.

Nachdem ich mich wieder ein wenig gefasst hatte, fragte ich:

»Mir fällt es schwer zu glauben, dass du wirklich mein Schutzengel bist. Kannst du es beweisen?«

Ihr Menschen seid immer schnell bei der Hand, für alles und jedes einen Beweis einzufordern. Es gibt aber Dinge, die kann man nicht formal beweisen. Man muss sie auch gar nicht beweisen. Man kann sie aber erfahren und dann als Wahrheit anerkennen.

Du kannst jetzt beispielsweise über deine Haut fühlen, dass es recht kalt ist. Du kannst mit deinen Augen sehen, dass hier ein Bach mit einer kleinen Quelle ist. Du kannst mit deinen Ohren hören und über deine Haut fühlen, dass soeben ein leichter Wind aufkommt. Diese Wahrnehmungen kannst du jetzt machen. Du wirst wohl kaum einen Beweis dafür fordern, sondern diese als Tatsachen, als Wahrheiten akzeptieren.

Dir ist jetzt die Gnade zuteilgeworden, mit mir sprechen zu dürfen. Das wird nur sehr wenigen Menschen erlaubt und ermöglicht. Du kannst mich hören und verstehen, so wie du einen anderen Menschen auch hören und verstehen kannst.

Wenn du jetzt mit einem Mitmenschen sprechen würdest, kämst du doch sicher auch nicht auf die Idee, einen Beweis dafür zu fordern, dass du mit einem Menschen redest!

»Ja, aber vielleicht bilde ich mir das jetzt alles auch nur ein. Vielleicht bin ich verrückt geworden!«

Deine Zweifel verstehe ich. Es gibt in der Tat recht viele Menschen, die sich einbilden, mit Engeln oder anderen unsichtbaren Wesen zu reden, weil sie tatsächlich verrückt sind, weil sie psychisch krank sind. In einem solchen Fall sind das nur Halluzinationen.

Es gibt aber noch viel, viel mehr Menschen, die wirklich mit geistigen Wesen kommunizieren, aber für verrückt erklärt und häufig sogar weggesperrt werden.

Du mein liebes Menschenkind bist ganz gewiss nicht verrückt!

»Warum wird ausgerechnet mir die Gnade erwiesen, mit meinem Engel reden zu dürfen?«

Nun, du erfüllst wichtige Voraussetzungen dafür, dass diese Kontaktaufnahme mit dir jetzt möglich ist.

Du gehörst zu den heute leider sehr wenigen Menschen, die nicht nur in ihrer Kindheit ganz fest an ihren Schutzengel geglaubt haben. Auch als Erwachsener hast du dir diesen Glauben in deinem Herzen bewahrt, wenngleich es nicht immer die Bewusstseinsschwelle überschritten hat. Nicht von ungefähr hast du deiner Tochter diesen schönen Namen gegeben.

Zwischen einem Menschen, der gar nicht an Gott und Engel glaubt, und seinem Engel schiebt sich so etwas wie eine unsichtbare Mauer, die schwer zu durchbrechen ist. Zwischen dir und mir gibt es eine solche Mauer nicht!

Auch wenn du die Voraussetzungen erfüllst, so war es doch eine unermesslich große Gnade, dass die göttlich-geistige Welt uns beiden erlaubt hat, miteinander zu reden. Warum nun ausgerechnet dir diese Gnade erwiesen wurde, darf ich dir nicht sagen.

»Wie kann ich mir aber sicher sein, dass du *mein Schutzengel* und nicht irgendein anderes sonderbares Wesen, das sich da in meinem Kopf oder wo auch immer eingenistet hat, bist?«

Es gibt fürwahr Trilliarden geistiger Wesen – nicht nur gute. Viele von ihnen könnten sich einem Menschen kundtun. Allerdings können diese nicht absolut alles über einen bestimmten Menschen wissen. Ich als dein Schutzengel weiß aber alles über dich!

»Was weißt du denn?«

Zunächst einmal solltest du wissen, dass ich immer in deiner Nähe war. Ich war und bin immer bei dir, und ich werde immer bei dir sein! So wie du früher nie die kleine Quelle hier wahrgenommen hast, an der du viele Male vorbeigeschlendert bist, hast du auch mich nie wahrgenommen. Genau wie diese Quelle immer da war, war auch ich immer da.

Du erinnerst dich doch sicher noch daran, wie du in deiner frühen Kindheit nahezu täglich – oft stundenlang – mit mir gesprochen hast? Du hast mir alles erzählt, was du an dem jeweiligen Tag erlebt hast. Du hast mir alles anvertraut, was deine Seele bedrückt hat. Ich habe dir immer aufmerksam und geduldig zugehört. Auch habe ich mit dir sehr wohl gesprochen. Nur hast du es zum Teil aber gar nicht wahrgenommen oder heute wieder vergessen. Auch hast du regelmäßig gebetet und meiner in deinen Gebeten gedacht. Das Gebet, das du immer gesprochen hast, hat mir sehr gut gefallen.

Manchmal hast du dich sogar bei mir bedankt.

Weißt du eigentlich noch, wie du mich damals genannt hast?

Sehr lebhaft erinnerte ich mich in diesem Augenblick wieder daran, wie häufig meine Mutter mir Engelgeschichten vorgelesen und was sie über meinen Schutzengel erzählt hatte. Natürlich konnte ich mich auch noch gut erinnern, wie oft ich meinem Engel meine Tageserlebnisse geschildert hatte. Aber dass ich ihm einen Namen gegeben hatte, wusste ich wirklich nicht mehr.

»Nein, keine Ahnung! Sag du es mir!«

Goldi! Du hast mich immer Goldi genannt. Mir gefiel der Name. Du hast ihn gewählt, weil du dir mich aufgrund der Erzählungen deiner Mutter immer als ein Wesen mit langem weißen Kleid, goldenen Haaren und goldenen Flügeln vorgestellt hast.

So stellen sich viele Menschen einen Engel vor.

Jetzt, als ich den Namen hörte, fiel es mir tatsächlich wieder ein, und es war mir ein wenig peinlich, einen so naiven, niedlichen Namen gewählt zu haben.

Mein Gesprächspartner durchschaute meine Gedanken und sagte:

Das muss dir nicht peinlich sein. Ich finde den Namen sehr schön. Im Grunde ist es aber unwichtig, welchen Namen du mir zulegst. Wichtig ist, dass du davon überzeugt bist, dass ich dein Engel bin und dass ich dir immer zur Seite stehe.

Du kannst mir aber auch gern einen anderen Namen geben, wenn du es möchtest.

Ich überlegte eine Weile und sagte schließlich:

»Was hältst du von Angelo?«

Der Name passt ja wirklich sehr gut. Ja, er gefällt mir. Du darfst mich so nennen.

»Seht ihr Engel denn wirklich so ähnlich aus, wie ich mir das früher vorgestellt habe? Und habt ihr wirklich Flügel?«

Dass normale Menschen uns nicht mit Augen sehen können, ist dir ja klar. Wie wir wirklich ausschauen, offenbart sich nur der Geistesschau eines Menschen, der mit Hellsichtigkeit begabt ist. Aber ein solcher Mensch, der uns wirklich mit geistigen Augen wahrnehmen kann, würde uns nicht so beschreiben.

Im Grunde haben wir auch keine Flügel – zumindest nicht solche wie du sie von Vögeln kennst. Dass man uns von alters her immer als geflügelte Wesen beschreibt und auf Gemälden darstellt, ist aber ein sehr schönes Bild.
    Damit soll zum Ausdruck gebracht werden, dass unser Wirkungskreis nicht nur auf den Erdboden beschränkt ist, sondern dass dieser sich über einen sehr großen Teil des Kosmos erstreckt. Wir können unseren Aktionsschwerpunkt und unser Bewusstseinszentrum in Blitzesschnelle von einem Punkt des Kosmos zu einem anderen lenken.

Das können im Übrigen auch die Seelen der verstorbenen Menschen. Nach menschlicher Auffassung ist das nur möglich, wenn man fliegen kann. Und dazu braucht man – so glauben die Menschen – Flügel. Aber es ist völlig in Ordnung und auch nicht falsch, wenn du dir mich mit Flügeln vorstellst.

Ich würde allerdings den Begriff »Schwingen« bevorzugen.

Das Wissen und die Weisheit, die aus diesen Worten strömten, überwältigten mich. Mir war klar, dass da ein ganz besonderes Wesen zu mir sprach. Aber ich hatte immer noch gewisse Zweifel, dass es sich tatsächlich um meinen Schutzengel handelte.

So wünschte ich noch mehr Klarheit:

»Du sagtest, du wissest alles über mich. Das, was du über meine Kommunikation mit Goldi erzählt hast, hat mich schon sehr beeindruckt. Aber was weißt du sonst noch von mir, was nur mein Schutzengel wissen könnte?«

Du erinnerst dich doch sicher noch an das Busunglück, als du mit deiner Klasse auf der Rückfahrt aus dem Schullandheim warst. Glaubst du, dass es nur Glück oder gar etwas, was ihr Menschen gern als »Zufall« bezeichnet, war, dass *dir* nichts passiert ist?

»Ja, ich denke schon, dass es ein Zufall war. Es hätte mich genauso gut erwischen können. Ich hatte einfach ganz viel Glück!«

Nein, einen Zufall gibt es nicht! Die Menschen sprechen von »Zufall«, wenn etwas geschieht, das sie sich nicht erklären können, für das es keine Ursache zu geben *scheint*. Wie oft hört man von euch Sätze wie etwa: »Gestern bin ich *zufällig* auf ein sehr interessantes Buch aufmerksam geworden«, »Heute Morgen habe ich einem Verunglückten geholfen, weil ich *zufällig* in der Nähe war«, »Letztes Jahr habe ich *zufällig* einen jungen Mann getroffen, der heute mein bester Freund ist«.

Auch war es kein ›Zufall‹, dass Magdalena damals nicht in irgendeine, sondern in *deine* Werkstatt kam, um einen

Stuhl von dir reparieren zu lassen. Mir war natürlich klar, dass ihr zusammenkommen wolltet, dass ihr zusammenkommen musstet. Obwohl ihr nicht allzu weit voneinander entfernt wohntet, war es aber nicht ganz so einfach. Also musste ich es letztlich arrangieren. Ich gab ihrem Großvater den Impuls, sie zu bitten, den Stuhl in genau deine Werkstatt zu bringen.

Einen Zufall gibt es nicht! Gäbe es ihn, würde der Kosmos schon bald zum Chaos werden! Alles, was jemals irgendwie und irgendwo geschieht, hat seinen Grund, hat seine Ursache. Diese liegt aber meistens im Geistigen und offenbart sich den Menschen nicht.

Also, es kam natürlich nicht von ungefähr, dass du damals bei dem Busunglück nicht schwer verletzt oder gar getötet wurdest. Es lag nicht in deinem Schicksal, schwer verletzt oder getötet zu werden! Es wäre aber passiert, wenn du auf der rechten Seite des Busses sitzen geblieben wärest.

Kannst du dich noch erinnern, warum du dich auf die linke Seite gesetzt hast?

»Nein, ich glaube, dass mir das auch an dem besagten Tag nicht klar war. Ich habe es einfach gemacht.«

Kein Mensch macht etwas ohne Grund. Nur kennt er diesen nicht immer. Er wird ihm oftmals nicht bewusst.

In deinem Fall war es so, dass ich dir den Impuls gegeben bzw. den Gedanken eingepflanzt habe, dich auf die linke Seite zu setzen, weil dort die Aussicht schöner war.

Mir war bewusst, dass es für dich noch nicht an der Zeit war zu sterben. Somit war es meine Aufgabe, dich davor zu bewahren. Da du damals – wie die weitaus meisten Menschen – nicht in der Lage gewesen wärest, meine Stimme zu vernehmen, so wie du es jetzt vermagst, musste ich einen anderen Weg wählen.

Es ist uns nahezu immer möglich, auf ganz zarte und subtile Weise in euer Leben einzugreifen, indem wir euch etwa Impulse oder Gedanken schicken. Natürlich bemerkt ihr es nicht, dass diese von einem Engel herrühren. Ihr glaubt, es sei eure Entscheidung gewesen.

Jetzt war ich wirklich über alle Maßen verdutzt. Wie kann jemand über dieses Busunglück so genau Bescheid wissen! Es muss wirklich mein Schutzengel sein, der gerade mit mir spricht.

»Woran kann ich erkennen, ob ein Gedanke oder eine Idee von dir herrührt?«

Wenn du auf dein Inneres sorgfältig achtgibst, ist es gar nicht so schwierig, es zu erkennen.

Dann wirst du etwas wahrnehmen – ich möchte es ganz pauschal ein ›Etwas‹ nennen – was du üblicherweise nie wahrnimmst. Dieses Etwas kann ein Gedanke, eine Idee oder ein Impuls sein, der dir empfiehlt, etwas bestimmtes zu tun oder zu unterlassen. Oft nimmst du es auch als ein Gefühl oder eine Empfindung wahr, die sich von den Gefühlen und Empfindungen, die du gewöhnlich hast, unterscheiden, die eine ganz andere Qualität haben.

Diese Eingebungen kommen fast immer ganz urplötzlich und unvermittelt und haben oftmals mit dem, über das du gerade nachgedacht hast, nichts zu tun. Manchmal erscheinen sie dir sogar unsinnig oder zumindest unlogisch zu sein. Sie haben aber eine solche Kraft und Eindringlichkeit, dass du sie meistens befolgen wirst.

Ich habe dich auf diese Weise einige Male vor Unheil bewahrt – nicht nur bei dem Busunglück!

»Kannst du mir noch von anderen Fällen schildern, in denen du mich vor etwas Schlimmem bewahrt hast?«

Gut, über eine Situation möchte ich noch sprechen. Es war ein paar Wochen, bevor du Magdalena geheiratet hast. Du warst gerade im Begriff, einen Waldspaziergang zu machen. Du hattest dich schon angezogen und wolltest soeben das Haus verlassen. Doch dann hast du dich plötzlich anders entschieden und bist in die Werkstatt gegangen, um mit der Restaurierung eines Möbelstücks zu beginnen, was du eigentlich erst am nächsten Tage machen wolltest.

Ja, das war ich, der dir die Eingebung geschickt hat, auf den Spaziergang zu verzichten und dich in die Werkstatt zu begeben. Mir war klar, dass in Kürze ein großer Sturm aufkommen würde. Wärest du in den Wald gegangen, wärest du von einem herunterfallenden Ast erschlagen worden!

Kannst du dich noch daran erinnern?

»Nein, ich glaube nicht. Warum hast du das gemacht?«

Wir Engel greifen auf diese Art nur dann ein, wenn das Unglück, vor dem wir euch bewahren wollen, nicht in eurem Schicksal liegt. Es lag auch an diesem Tag nicht in deinem Schicksal, zu sterben oder auch nur verletzt zu werden.

Aber selbst dann, wenn wir euch eine derartige Hilfe zuteilwerden lassen, indem wir euch einen kleinen ›Schubser‹ geben, ist es immer noch eurer Freiheit unterstellt, ob ihr sie annehmt oder ablehnt. Auch du hättest dich gegen diese Eingebung entscheiden können.

»Woher konntest du denn überhaupt wissen, dass ich von einem Ast erschlagen worden wäre, falls ich in den Wald gegangen wäre?«

Das ist einem Menschen sehr schwer zu vermitteln. Ich möchte aber gern versuchen, es dir verständlich zu machen: Alles, was du in deinem Leben ganz konkret und höchst real erlebst und erfährst, ist nur ein Bruchteil dessen, was du *hättest* erleben und erfahren können. Ich glaube, so weit kannst du das verstehen.

Also, das Spektrum der wirklich in deinem Leben eingetretenen Ereignisse ist geradezu armselig gegenüber der ungeheuren Summe derjenigen, die *möglich* gewesen wären. Du könntest unendlich viel mehr erleben, als du letztlich *wirklich* erlebst.

Du musst Tag für Tag tausendfach Entscheidungen treffen! Je nachdem, welche Entscheidung letztlich zum Tragen kommt, erlebst du jeweils *eine* ganz konkrete Wirklichkeit.

Oft sind es *scheinbar* recht banale Wahlmöglichkeiten, die du mehr unbewusst triffst, ohne darüber nachzudenken, wie etwa: Was ziehe ich heute an? Was, wann und wo esse ich heute? Möchte ich mich heute mit meinem Freund treffen oder bleibe ich lieber daheim? Wann und wohin fahre ich heute mit dem Auto? Mache ich jetzt dieses oder jenes?

In den meisten Fällen sind dann deine tatsächlichen Erlebnisse, die du aufgrund der von dir gefällten Entscheidung als Wirklichkeit erfährst, nicht sehr viel anders als die, die im Bereich der Möglichkeiten verschleiert bleiben, die du also nur dann als Wirklichkeit erlebt hättest, wenn du dich anders entschieden hättest. Aber sie sind anders! Und in manchen Fällen können sie völlig anders – vielleicht sogar dramatisch anders – sein.

Dazu möchte ich dir ein ganz einfaches Beispiel geben: Stelle dir vor, du musst mit dem Auto irgendwohin fahren. Jeder Augenblick, den du früher oder später losfährst, führt dich in eine andere Wirklichkeit. Das Gleiche gilt, falls du irgendeine andere Strecke fährst als die, welche du üblicherweise wählst. Fährst du etwa – sagen wir – um 8 Uhr los, geschieht vielleicht nichts Besonderes, nichts Ungewöhnliches. Vermutlich passiert auch nichts Bemerkenswertes, wenn du eine andere Startzeit wählst. Dennoch erlebst du dadurch eine jeweils andere Wirklichkeit, auch wenn diese sich nicht sehr von der unterscheidet, die du erlebst, wenn du um Punkt 8 Uhr startest.

Nun kann es aber durchaus so sein, dass du in Abhängigkeit von der Abfahrtszeit oder der gewählten Strecke sehr wohl etwas ganz Besonderes erlebst, dass du durch diese Konstellation eine Wirklichkeit erlebst, die für dich sehr unangenehm, aber auch sehr erfreulich werden könnte. Startest du etwa eine Minute – oder auch vielleicht nur ein paar Sekunden – früher, wirst du möglicherweise in einen schweren Unfall verwickelt. Fährst du eine Minute später, lernst du vielleicht einen Menschen kennen, der sich für dein weiteres Leben als sehr wichtig erweist. Startest du fünf Minuten später, wirst du vielleicht auf irgendetwas aufmerksam, wodurch du eine Anregung bekommst, die sich für dich als sehr wertvoll herausstellt. Wählst du für deine Fahrt eine andere Strecke, siehst du womöglich am Straßenrand einen schwerverletzten Menschen, dem du nun helfen und dessen Leben du retten kannst.

Diese Beispielliste könnte man fast endlos fortsetzen.

Alle diese Möglichkeiten sind in gewisser Weise sehr real. Du kannst aber in Abhängigkeit von der Entscheidung, die du getroffen hast, nur *eine* als Wirklichkeit erfahren. Alle anderen bleiben dir verborgen. Euer Bewusstseinshorizont ist zu klein, um diese möglichen Konsequenzen zu überblicken. Sie bleiben für euch eine Fiktion.

Nun kommt der Punkt, der von euch Menschen nur sehr schwer zu begreifen ist: Im Bewusstsein von uns Engeln – und auch von vielen verstorbenen Menschen – sind die *möglichen* Ereignisse ebenso ausgebreitet wie die *tatsächlichen*. Sie sind für uns genauso real! Wir können sie in vollem Umfang überschauen. Wir können also – um im obigen Beispiel zu bleiben – genauestens überblicken, welche Wirklichkeit du in Abhängigkeit von dem Zeitpunkt, zu dem du losfährst, sowie der Strecke, die du wählst, erleben wirst.

»Greift ihr dann bei allen wichtigen Entscheidungen in der beschriebenen Weise ein?«

Nein, natürlich nicht! Zunächst einmal greifen wir nur dann ein, wenn die Folgen eures Tuns oder Nichttuns außerhalb dessen liegen, was ihr mit euren menschlichen Fähigkeiten und Kräften selbst zu überschauen vermögt. Ansonsten wäre das ein unzulässiger Eingriff in eure Freiheit.

Wenn also etwa ein erwachsener Mann mit einer geladenen, ungesicherten Waffe hantiert, so wird ihm sein Engel gewiss nicht den Impuls geben, sie wegzulegen oder zu sichern. Dass das gefährlich ist und zu einem Unglück führen könnte, kann der Mensch selbst wissen. Somit ist auch klar, dass ein Engel, dessen Schutzbefohlener noch ein Kind ist, sehr viel häufiger eingreifen muss.

Dann gibt es noch einen zweiten Aspekt, den ich schon angedeutet habe: Aus der beschränkten Sicht von euch Menschen ist ja alles, was ihr als unangenehm oder leidvoll empfindet, etwas, was ihr nie erleben möchtet. Solche schmerzlichen Erlebnisse können aber durchaus in eurem Schicksal liegen und für euch absolut notwendig und höchst förderlich und fruchtbar sein. Selbstverständlich werden wir auch in solchen Fällen nicht eingreifen, weil wir dann ja gegen die Interessen unserer Schützlinge handeln würden.

Ich möchte dir nun zum Abschluss meiner Antwort auf diese Frage die gesamte Thematik anhand eines konstruierten Beispiels veranschaulichen:

Stelle dir vor, ein Mann hat sich – wie an nahezu jedem Werktag – dazu entschieden, um Punkt 7 Uhr auf seiner Standardstrecke mit dem Auto zur Arbeit zu fahren. Sein Engel weiß nun um zwei wichtige Dinge: Zum einen kennt er die Schicksalsnotwendigkeiten seines Schutzbefohlenen, und zum anderen weiß er, welche Wirklichkeit der Mann erfahren würde, falls er seine Entscheidung in die Tat umsetzt. Nun könnte es beispielsweise so sein, dass er einen schweren Unfall erleidet, durch den er sehr schwer verletzt würde, falls er um Punkt 7 Uhr die gewählte Strecke fahren sollte.

Nun gibt es zwei Möglichkeiten: Es liegt im Schicksal des Mannes, schwer verletzt zu werden. Dann hätte diese Unfallfolge einen guten Sinn für den Mann, auch wenn ein Mensch das kaum verstehen kann. In diesem Fall würde der Engel natürlich nicht eingreifen, damit der Mann sein notwendiges Schicksal erleben kann.

Wenn ein solcher Unfall mit seinen Folgen aber nicht zu den Schicksalsnotwendigkeiten des Mannes gehört, wird sein Engel alles tun, um ihn zu verhindern. In diesem Fall hätte er unzählige Möglichkeiten. So könnte er etwa dem Mann den Gedanken einpflanzen, etwas eher oder auch ein wenig später loszufahren. Er könnte ihm die Idee vermitteln, heute mal eine andere Strecke zu wählen. Er könnte dafür sorgen, dass der Mann etwas Wichtiges vergisst, was er kurz nach dem Verlassen des Hauses bemerkt, so dass er noch mal ins Haus zurück muss, um es zu holen. Es gäbe etliche weitere Möglichkeiten, den Unfall und somit die schweren Verletzungen zu verhindern.

»Wenn ich dich richtig verstanden habe, kann es ja sein, dass ein Engel seinen Menschen nicht vor einem Unfall bewahrt, weil dieser in seinem Schicksal liegt, weil dieser für ihn notwendig ist. Wie ist es dann mit dem Unfallgegner, der ja mit hineingezogen wird?«

Das ist eine sehr kluge Frage! Das Schicksal eines jeden Menschen ist verwoben mit denen vieler anderer. Natürlich muss es in einem solchen Fall auch zu den Schicksalsnotwendigkeiten des Unfallgegners gehören, einen Unfall zu erleiden. Da müssen sich also beide Schutzengel in gewisser Weise beraten. Es wäre ja etwa auch denkbar, dass der andere am Unfall Beteiligte sich nicht oder nur leicht verletzt. Dennoch wäre es für ihn ein Schock. Also, es muss alles zusammenpassen, es muss alles sorgfältig aufeinander abgestimmt werden. Das ist selbst für uns Engel höchst kompliziert! Allerdings gelingt es uns meistens. Ein ›kosmisches Missgeschick‹ kommt nur äußerst selten vor.

Ich weiß, das ist schwere Kost für dich! Vielleicht können wir ja später darüber noch etwas ausführlicher sprechen.

»Ja, das überfordert mich im Moment ein wenig! Trotzdem möchte ich noch gerne eine Frage stellen: Habe ich es richtig verstanden, dass auch die Seelen der Verstorbenen uns Menschen auf die von dir skizzierte Art und Weise beschützen können?«

Ja, das ist möglich! Es setzt aber voraus, dass sie sich schon eine gewisse Reife und Weisheit erworben haben. Dann ist es ihnen meistens ein großes Bedürfnis, den Menschen, denen sie auf der Erde nahestanden und die sie lieb hatten, zu helfen. Das machen sie in sehr ähnlicher Weise wie wir Engel.

Die meisten Menschen haben allerdings noch lange Zeit nach ihrem Tod große Probleme, sich zurechtzufinden. Sie haben genug mit sich selbst zu tun.

Dann sagte mein Engel noch etwas, was mich tief beglückte:

Deine Tochter Angela ist schon eine besonders reife und weise Seele. Sie ist immer an deiner Seite!

»Mein lieber Engel, lieber Angelo, ich möchte es auf keinen Fall versäumen, dir für deine Hilfe, die du mir so oft gewährt hast, herzlich zu danken. Aber warum hast du mich sonst so oft in meinem Leben im Stich gelassen? Warum konntest du den frühen Tod meiner geliebten Angela und das unsägliche Leid meiner Frau Magdalena nicht verhindern?«

In diesen Fällen ging es ja zunächst einmal um die Schicksale zweier anderer Menschen, die natürlich mit deinem Schicksal verflochten sind.

Aber ich habe dir geholfen! Was glaubst du wohl, wer es war, der dir so viel innere Kraft und Stärke verliehen hat, um den Tod deiner Tochter zu ertragen? Und was den Tod deiner lieben Magdalena anbelangt – kann es eine größere Hilfe geben als diejenige, die ich dir jetzt gerade zuteilwerden lasse?

Ich wurde ganz still und kam mir fast ein wenig undankbar vor. Es verging eine Weile, bis ich meine Gedanken wieder gesammelt und halbwegs sortiert hatte.

»Meine Zweifel, dass du mein Schutzengel bist, schwinden. Ja, ich glaube, du bist es wirklich! Aber was willst du jetzt eigentlich genau von mir? Vermutlich willst du mir mein Vorhaben, mir das Leben zu nehmen, ausreden, oder?«

Nein, natürlich nicht! Es ist uns Engeln gar nicht erlaubt, euch Menschen etwas vorzuschreiben. Wir dürfen nicht in euren freien Willen eingreifen. Das wäre ein ganz schweres Sakrileg!

Dieser freie Wille, den ihr Menschen habt, ist ein hohes und heiliges Geschenk! Nicht einmal uns ist er gegeben.

»Was bezweckst du dann?«

Ich möchte, dass du, bevor du zu deiner Tat schreitest, noch einmal innehältst. Vielleicht kann dir dann ja bewusst werden, ein wie hohes Gut dein Leben ist und dass man es nicht einfach wegwirft, nur weil man den völlig absurden Gedanken hat, es sei nicht mehr lebenswert. Jedes Leben ist lebenswert, und es wäre ein Missbrauch deines freien Willens, es mit eigener Hand zu beenden!

Es ist deine Entscheidung. Aber überlege sie dir gut!

»Ich bin natürlich glücklich und dankbar, dass du mit mir sprichst. Das ist einfach großartig, und ich kann es eigentlich immer noch nicht ganz glauben. Verstehe mich bitte nicht falsch, aber wäre es dir nicht möglich gewesen, mir meine große Trauer und Verzweiflung zu nehmen, so dass ich gar nicht erst auf die Idee gekommen wäre, mich umbringen zu wollen?«

Nein! Deine große Wut auf Gott, den du so wüst beschimpft hast, hat so etwas wie eine Trennwand zwischen dir und mir errichtet – eine Trennwand, keine Mauer!

Diese hätte ich mit einem zarten Impuls nicht durchbrechen können. Es blieb mir nichts anderes übrig, als diesen Weg zu wählen. Darüber solltest du dich sehr freuen. Ich war mir auch nicht ganz sicher, ob es funktionieren würde.

Außerdem ist es für dich förderlich, die Trauer und Verzweiflung, die der Tod deiner Frau in dir ausgelöst hat, zu durchleben. Auch solche schmerzlichen Erfahrungen haben für euch Menschen einen tiefen Sinn. Natürlich ist es für euch schwer, das zu verstehen.

Trotz dieses höchst beeindruckenden und sehr berührenden Dialogs, könnte ich nicht sagen, dass ich wieder in der Lage gewesen wäre, klare Gedanken zu fassen.

Aber den Plan, mein Leben zu beenden, gab ich auf. Es war gar nicht einmal so sehr eine ganz bewusste Entscheidung. Vielmehr war es die Überzeugung, die sich jetzt in mir breitmachte, dass es doch mehr als unsinnig und geradezu verwerflich wäre, mir die Pulsadern aufzuritzen. Ich schämte mich unsäglich, überhaupt auf eine solche Idee gekommen zu sein.

In genau diesem Augenblick fiel mir das Schnitzmesser aus der Hand und in den Bach, wo es auf Nimmerwiedersehen verschwand.

»Bist du noch da, Engel? Hallo Angelo, bist du noch da?«, fragte ich mehrmals.

Nach einer kurzen Weile vernahm ich wieder seine Stimme:

Du hast gerade aus freien Stücken eine weise und richtige Entscheidung getroffen. Du wirst jetzt hier, wo ich bin, noch nicht gebraucht. Auf dich warten auf der Erde noch ein paar Aufgaben. Du hast auch noch eine wichtige Verabredung einzuhalten. Die solltest du nicht versäumen!
Es ist uns jetzt nicht mehr möglich, weiter miteinander zu reden. Aber es kommt bald eine Zeit, in der das wieder sehr gut möglich sein wird. Wir werden insgesamt genau sieben Mal miteinander sprechen können.

»Wann ist diese Zeit?«

Bald, sehr bald! Es folgen ja in wenigen Wochen die dreizehn heiligen Nächte, welche die Menschen früher als »Raunächte« bezeichnet haben. Wie du sicher weißt, ist das die Zeit vom Weihnachts- bis zum Dreikönigstag.
In dieser Zeit schläft die Natur ganz tief. Der Geist ist in diesen dreizehn Tagen besonders wach und empfänglich. In diesen Tagen wird es dir noch sechs Mal möglich sein, mich wieder hören zu können, falls du es wünschst.

»Ja, aber natürlich wünsche ich das! Muss ich dazu wieder an die Quelle kommen, und welche Tageszeit wäre geeignet?«

Nein, an die Quelle musst du nicht kommen. Der Ort ist beliebig. Es sollte nur Stille herrschen. Du kannst mich durchaus in deiner Wohnung empfangen. Die Uhrzeit ist auch nicht so wichtig. Am günstigsten ist jedoch der Abend. Ich werde dich schon finden.

Aber etwas anderes ist wichtig. Es ist mir nicht erlaubt, dich von mir aus große geistig-göttliche Wahrheiten zu lehren. Du musst Fragen stellen, so wie du es heute auch gemacht hast.

Dann werde ich entscheiden, ob du schon reif für eine Antwort bist. Es kann also sein, dass ich dir bestimmte Fragen nicht beantworten darf. Aber das ist dann auch besser für dich. Es gäbe vieles zu sagen, was dich völlig überfordern, vielleicht sogar aus der Bahn werfen könnte.

Ich bedankte mich bei meinem Engel. Es war ein Dank, der aus tiefstem Herzen kam.

* * * * * * * * * * * * * * * * * *

Als ich mich dann schließlich auf den Heimweg begab, fühlte ich mich innerlich wie befreit. Meine Trübsal, Trauer und Verzweiflung waren wie vom Winde verweht. Ich fühlte mich beschwingt und geradezu selig. Dieser Zustand hielt einige Stunden an.

Mir war klar, dass mir eine unfassbar große Gnade zuteilwurde. Ich dankte meinem Schicksal und meinem Engel.

Ja, mein Engel hatte mich gerettet! Ohne sein Erscheinen wäre ich jetzt tot gewesen!

Ich empfand auch eine tiefe Dankbarkeit meiner Mutter gegenüber, dass sie mich in dem Glauben an meinen Schutzengel erzogen hatte.

Bevor ich nach Hause ging, besuchte ich noch das Grab, in dem die sterblichen Hüllen meiner Frau und meiner Tochter lagen.

Ich erzählte ihnen, was ich soeben erlebt hatte. Dabei hatte ich den Eindruck, als säßen sie mir gegenüber und hörten mir andächtig zu.

Dann kam mir der Gedanke, der mich sehr beglückte: »Jetzt habe ich da oben *mindestens* zwei Wesen, die auf mich achtgeben: Mein Engel Angelo und mein kleines Engelchen Angela!«

Anschließend ging ich in die Kirche. Ich kniete mich an einem Seitenaltar nieder, über dem ein Gemälde mit mehreren Engeln, die natürlich alle goldene Flügel hatten, hing. Etwa eine halbe Stunde verweilte ich hier und bedankte mich noch einmal inbrünstig bei meinem Schutzengel für die Gnade, die er mir erwiesen hatte.

Auf dem Heimweg kam mir in den Sinn, dass die älteren Menschen die Senke, in der das Bachbett liegt, »Engelsgraben« nennen. Ich dachte: »Vielleicht hat es hier in früheren Zeiten schon einmal Begegnungen mit Engeln gegeben.«

Dann bewegte ich gedanklich noch einmal das Zwiegespräch mit meinem Engel. Dabei merkte ich zu meinem Erstaunen, dass dieses noch ungewöhnlich präsent war. Es war fast so, als würde es gerade in diesem Augenblick stattfinden!

Wenn man ein Gespräch mit einem *Menschen* führt, so ist es doch meistens so, dass man sich später höchstens noch an den Inhalt des Gesprächs erinnern kann. Die genauen Formulierungen, die einzelnen Worte vergisst man sehr schnell.

Das war bei meinem Gespräch mit Angelo ganz anders: Seine Worte hatten sich geradezu in mein Gedächtnis eingebrannt. Noch lange Zeit danach hätte ich seine Aussagen nahezu wortgetreu zitieren können.

Dennoch hielt ich es für ratsam, mir alles aufzuschreiben.

Als ich am nächsten Tag aufwachte, hatte ich zunächst das Gefühl, wie wenn ich das magische Ereignis des Vortages nur geträumt hätte. Es dauerte eine ganze Weile, bis mir wieder klar wurde, dass es höchst real war.

Immer wieder ging ich an diesem und auch an den nächsten Tagen gedanklich Angelos Erläuterungen und Belehrungen durch. Dabei schaute ich in Bewunderung und Verehrung zu ihm auf.

Manchmal dachte ich: »Wenn schon ein Engel so vieles zu bewirken vermag und so weise ist, wie mächtig und weise muss dann erst Gott sein!«

Nach wenigen Tagen war ich langsam wieder für mein Leben, mein neues Leben bereit. Von Tag zu Tag gelang es mir besser, alles wieder in den Griff zu bekommen.

So konnte ich mich jetzt auch wieder mehr auf meine berufliche Tätigkeit konzentrieren. Natürlich war ich immer noch sehr traurig, dass meine Magdalena nicht mehr bei mir war. Aber diese Trauer hatte jetzt eine andere Qualität. Es war keine abgrundtiefe Trauer mehr, dich mich nahezu handlungsunfähig gemacht hätte, wie das noch in den ersten Tagen nach dem Tod meiner Frau der Fall war. Zum einen war ich mir nun sicherer als je zuvor, dass es ihr in der Welt, in der sie jetzt war, wohl ergehen würde; zum anderen hatte Angelo mir ja gesagt, dass es für mich eine gute Bedeutung hat, diese Trauer zu durchleben.

Wann immer ich in diesen Tagen eine Entscheidung traf, stellte ich mir die Frage: »In welche Wirklichkeit wird mich diese führen? Was hätte ich wohl erlebt, wenn ich mich anders entschieden hätte?«

Bis zum heutigen Tag stelle ich mir diese Frage des Öfteren, wenngleich mir klar ist, dass ich keine verlässliche Antwort finden werde. Es ist keineswegs so, dass mich diese Fragen beängstigen. Vielmehr finde ich es sehr spannend, darüber ein wenig zu sinnieren.

Je näher die Raunächte heranrückten, desto mehr wuchsen meine Vorfreude und meine gespannte Erwartung auf unser nächstes Gespräch.

Mir kamen unzählige Fragen in den Sinn, die ich Angelo stellen wollte. Ich versuchte, diese ein wenig zu ordnen und zu gruppieren, damit unsere Gespräche möglichst strukturiert verlaufen könnten. Schließlich wollte ich nicht wie ein neugieriges Kind einfach drauflos fragen.

Auch war ich sehr gespannt darauf, welche Fragen er mir nicht beantworten dürfte. Die Frage, welche »Verabredung«, die ich nicht versäumen dürfte, mein Engel wohl gemeint haben könnte, lag mir besonders auf der Seele.

Dann kam der erste Weihnachtsfeiertag. Selbst als Kind freute ich mich an diesem Tag nie so sehr auf die Geschenke wie ich mich jetzt auf das Gespräch mit Angelo freute.

Ich konnte es wirklich kaum erwarten.

So gegen 17 Uhr setzte ich mich ins Wohnzimmer. Es herrschte Stille.

Voller Erwartung fragte ich: »Angelo! Mein geliebter Schutzengel! Bist du da?«

Minutenlang wiederholte ich diese Frage. Aber ich erhielt keine Antwort.

Nach geraumer Zeit – meine Wanduhr schlug gerade 18 Uhr – gab ich die Hoffnung auf und schaltete den Fernseher ein, um mich ein wenig von meiner Enttäuschung abzulenken.

Plötzlich flackerte es. Der Fernseher und das Licht gingen aus. Es war ein kurzer Stromausfall.

Fast im gleichen Moment hörte ich:

* * * * * * * * * * * * * * * * * *

Fürchte dich nicht, Johann! Ich bin es wieder: dein Schutzengel, den du Angelo nennst! Gott zum Gruße, mein liebes

Menschenkind! Jetzt ist es uns für eine kurze Zeit möglich, miteinander zu sprechen.

Du kannst nun deine Fragen stellen!

Hocherfreut und ganz aufgeregt begann ich:

»Gott zum Gruße, lieber Schutzengel! Danke, dass du gekommen bist. Ich habe ganz viele Fragen.

Du hast mir ja bei unserem ersten Gespräch erklärt, wie ihr Engel üblicherweise in unser Leben eingreift und wie wir Menschen es wahrnehmen können. Das habe ich auch verstanden.

Es ist aber für uns Menschen nicht immer ganz leicht, das überhaupt zu bemerken. Gibt es noch andere Wege, wie ihr euch uns bemerkbar machen könnt, wie ihr zu uns in Kontakt treten könnt?«

Auf die in unserem ersten Gespräch skizzierte Art müssen wir einzugreifen versuchen, wenn ihr in *akuter* Gefahr seid, wenn ihr es *unverzüglich* bemerken und darauf reagieren müsst. In einem solchen Fall gibt es keine andere Möglichkeit.

Aber wenn das, was wir euch mitteilen wollen, nicht zeitkritisch ist, gibt es einen anderen Weg, der viel direkter ist: Wenn ihr schlaft, seid ihr immer in unserer Welt. Dann sind wir immer mit euch zusammen. Allerdings überschreitet das eure Bewusstseinsschwelle nicht, so dass ihr euch nach dem Aufwachen nicht daran erinnern könnt.

Allerdings taucht das, was ihr im Schlaf erlebt habt oder was wir euch mitgeteilt haben, häufig in symbolischer Form in euren Träumen auf, was ihr aber leider meistens nicht richtig zu deuten versteht.

Manchmal könnt ihr auch unmittelbar nach dem Aufwachen in euren Gefühlen noch einen Nachklang von dem, was wir euch während des Schlafens gesagt haben, vernehmen.

»Ja, das kenne ich! Ich hatte schon einige solcher Träume, habe diese aber nie ernst genommen.«

Ich weiß!

»Wie ist das eigentlich mit euch Schutzengeln? Hat *jeder* Mensch einen solchen Beschützer, wie es meine Mutter immer gesagt hatte?«

Ja, natürlich!

»Auch die Menschen, die nicht an Gott und Engel glauben?«

Selbstverständlich! Das hängt nicht von Glauben, Religion, Kultur, Rasse oder Lebensalter ab. *Jedem* Menschen ist ein Schutzengel zur Seite gestellt. Viele Menschen haben aufgrund der Region oder des Umfeldes, in dem sie leben, noch nie etwas von Engeln gehört. Auch sie haben ihren persönlichen Engel.

So wie jeder Mensch eine Mutter hat, so hat er auch seinen Schutzengel.

»Haben auch die Verstorbenen noch ihren Schutzengel?«

Ja, natürlich! Der Engel bleibt *immer* bei seinem Schützling – unabhängig davon, in welcher Welt dieser sich gerade befindet. Der Engel wird seinen Schutzbefohlenen sicher über die Schwelle des Todes führen und ihn dann in der jenseitigen Welt in Empfang nehmen. Er wird *nie* von seiner Seite weichen. Auch ich werde dich, geliebte Seele, eines Tages durch die Pforte des Todes geleiten. Dann kannst du mich auch schauen, was dir jetzt nicht möglich ist, da du nicht hellsichtig bist.

»Ist es für einen Engel eine normale Fähigkeit, sprechen zu können – so wie du es kannst?«

Nein! Eigentlich können wir gar nicht sprechen. Schließlich haben wir keine Sprechwerkzeuge wie ihr Menschen.

»Wie funktioniert denn dann unsere Kommunikation?«

Du kannst dir das so vorstellen: Ich habe die Gedanken, was ich dir mitteilen oder antworten möchte. Dann muss ich quasi *in dir* nach geeigneten Worten und Begriffen suchen, in die ich meine Gedanken gießen kann.

Es sind letztlich *meine* Gedanken und *deine* Worte.

»Habt ihr Engel auch noch andere Aufgaben zu erfüllen?«

Ja, es gibt noch eine ganze Reihe anderer Aufgaben, die wir wahrzunehmen haben. Wir können vieles nahezu gleichzeitig machen, was für einen Menschen nur sehr schwer verständlich ist. Aber unsere Hauptaufgabe ist es, den uns zugeteilten Menschen zu führen.

»Gefällt dir diese Aufgabe? Nimmst du sie gerne wahr?«

Bei euch Menschen ist es so, dass euch bestimmte Arbeiten oder Aufgaben gefallen, andere missfallen. Eine solche Wertung ist uns fremd. Wir tun einfach das, was unser Auftrag ist. Das ist für uns eine Selbstverständlichkeit, zumal in uns eine tiefe Liebe zu unseren Schutzbefohlenen ist!

Du kannst uns vielleicht mit einer Mutter vergleichen:

Eine gute Mutter wird ihr kleines Kind von ganzem Herzen und aus tiefster Seele lieben. Sie wird alles für es tun, was notwendig ist und wessen es bedarf. Auch wenn ihr die Arbeit manchmal schwerfallen mag, so fragt sie sich nicht, ob sie das gerne macht. Sie macht es einfach, weil sie es als eine Notwendigkeit erkennt und weil sie ihr Kind von Herzen liebt.

Wenn das Kind dann älter wird, wird die mütterliche Liebe und Fürsorge nicht nachlassen. Aber sie wird jetzt nicht mehr diejenigen Dinge für ihr Kind tun, die es mittlerweile selbst erledigen kann und soll. Schließlich soll das Kind selbständig werden. Allerdings wird die Mutter auch ihr erwachsen gewordenes Kind noch sehr lieben und es in bestimmten Situationen unterstützen.

Sie wird ihr Kind selbst dann noch lieben, wenn dieses nichts mehr von ihr wissen will.

So wie eine gute Mutter ihr Kind liebt, umsorgt und behütet, so lieben, umsorgen und behüten wir Engel den uns anvertrauten Menschen. Wir lieben ihn selbst dann, wenn er nicht an uns glaubt und unsere Existenz womöglich für einen Unsinn hält.

Solange ihr noch Kinder seid, müssen wir besonders gut auf euch aufpassen, weil ihr euch häufig überschätzt und Dinge macht, bei denen ihr die Gefahr nicht erkennen könnt. Davon habe ich ja schon in unserem ersten Gespräch geschildert. Wie oft bist du als Kind auf hohe Bäume geklettert. Was hätte da alles passieren können! Oftmals musste ich dir den Gedanken übermitteln, nicht noch höher zu klettern oder nicht einen bestimmten Ast zu wählen, weil mir klar war, dass du dich ansonsten schwer, womöglich sogar tödlich verletzt hättest.

Je älter und reifer der Schützling wird, desto weniger werden wir in sein Leben eingreifen. Dann greifen wir nur noch in solchen Fällen ein, in denen der Mensch die Folgen seines Handelns oder Nichthandelns nicht überblicken kann. Auch darauf habe ich schon in unserem ersten Gespräch aufmerksam gemacht.

Du beispielsweise, mein geliebter Johann, konntest die Folgen deines geplanten Selbstmords, die dieser für dein nachtodliches Leben nach sich gezogen hätte, nicht überschauen. Auch konntest du nicht wissen, wie sich dein früher Tod auf andere Erdenmenschen, denen du noch begegnen musst und die dich brauchen, ausgewirkt hätte. Daher konnte dir diese außergewöhnliche Gnade gewährt werden, mit mir reden zu dürfen.

»Es tut mir sehr leid, dass ich dir mit meinem Vorhaben Kummer bereitet habe. Ich schäme mich sehr dafür, dass ich mein Leben wegwerfen wollte. Das war sicher keine angenehme Situation für dich.

Gibt es auch noch andere Situationen im Rahmen deiner Aufgabe und die deiner Engelkollegen, die nicht so erfreulich, vielleicht sogar frustrierend sind? Verliert ihr nicht manchmal die Geduld mit euren Schützlingen?«

Nein, niemals! Du kennst doch den Ausdruck »Engelsgeduld«. Dieser kommt nicht von ungefähr! Wir Engel haben eine grenzenlose Geduld mit euch Menschen, eine Geduld, die niemals versiegen kann.

Eine Mutter könnte aus ihrem freien Willen heraus ihr Kind ablehnen, schlecht behandeln, verstoßen und letztlich sogar abgeben. Das ist uns nicht möglich. Eine solche Entscheidung könnten wir gar nicht treffen, da uns dieser freie Wille fehlt.

Allerdings würden wir selbst dann, wenn wir diese Entscheidungsfreiheit hätten, *niemals* so handeln. Mit dieser großartigen Aufgabe sind wir schließlich von höchst erhabenen Wesen, die noch viel höher stehen und viel mächtiger sind als wir, und letzten Endes von Gott beauftragt worden. Es ist uns eine Ehre, euch Menschen begleiten zu dürfen.

Natürlich sind wir manchmal traurig, wenn der uns zugeteilte Mensch völlig von dem abweicht, was für ihn gut und richtig wäre und wenn er unsere Hilfe, derer er sich normalerweise gar nicht bewusst wird, von sich weist. Aber unsere Geduld verlieren wir nie, niemals!

»Können wir Menschen irgendetwas tun, was für euch wichtig und förderlich ist? Können wir euch mit irgendetwas erfreuen?«

Es wäre uns eine große Wohltat, wenn die Menschen uns wahrnehmen würden. Damit meine ich nicht, dass sie uns sehen könnten, wozu ja nur ein hellsichtiger Mensch befähigt ist. Auch meine ich damit nicht, dass sie uns hören könnten, so wie es dir jetzt eine Zeit lang möglich sein wird.
Was ich meine, ist, dass sie anerkennen, dass sie ganz fest daran glauben, dass es uns gibt und dass wir immer da sind und alles zu tun bereit sind, was für sie förderlich ist.
Auch freuen wir uns immer, wenn die Menschen hin und wieder an uns denken und uns vielleicht sogar danken.

Es ist für eine Mutter sehr schlimm, wenn ihr Kind später nichts mehr von ihr wissen will. Ganz so schlimm ist das für uns nicht, da uns klar ist, dass es für einen Menschen nicht so leicht ist, unsere Existenz zu bemerken und anzuerkennen.

Übrigens, es gibt viele Menschen, die sich innerlich an uns wenden und darum bitten, dass wir sie beschützen. Das ist zwar sehr schön, aber im Grunde nicht notwendig, da wir das ohnehin machen, weil es unsere Aufgabe ist.

Aber es gibt durchaus noch etwas eminent Wichtiges, was ihr beherzigen solltet:

Ich habe dir ja schon gesagt, dass jeder Mensch in der Nacht, wenn er schläft, mit seinem Engel zusammen ist. Wie innig und fruchtbar dieses Beieinandersein sich gestalten kann, hängt ganz wesentlich davon ab, welche Gedanken, Empfindungen und Gefühle der jeweilige Mensch vor dem Einschlafen hegt. Je spiritueller diese sind, desto inniger wird das Zusammensein mit seinem Engel sein, was für beide sehr förderlich ist.

»Ist es wichtig, dass wir Menschen beten?«

Ja, sehr wichtig! Zunächst einmal ist wichtig, dass man schon als Kind regelmäßig betet, so wie du es immer getan hast. Ein Kind, das nie betet, könnte später kaum in einen solchen Kontakt mit seinem Engel treten, wie es dir jetzt ermöglicht wurde.

Ein Kind, das nie betet, kann als Erwachsener auch niemals andere Menschen segnen. Selbstverständlich ist es auch für Erwachsene wichtig zu beten. Ein *wahres* Gebet ist für jeden Menschen und für die gesamte geistige Welt von großer Bedeutung und sehr fruchtbar. Auch der naivste Mensch, der den Gebetstext gar nicht versteht, kann diesen auf seine Seele wirken lassen. Das Gebet selber ist es, das etwas in ihm bewirkt, das ihn höher steigen lassen kann.

»Kannst du ein bestimmtes Gebet empfehlen?«

Eine besondere, geradezu magische Kraft hat das »Vaterunser«, mit dem man sich an den höchsten Gott, den Vatergott, wendet. Es war Jesus Christus höchst persönlich, der die Menschen dieses Gebet gelehrt hat.

Wie ich weiß, betest du es ja auch regelmäßig. Du magst vielleicht glauben, dass du den Text dieses Gebetes verstehst. Aber das ist ein Irrtum. Dieses Gebet ist von so unermesslicher Tiefe, dass selbst die weisesten Menschen es nicht in seiner Gänze erfassen können. Dennoch wird dieses Gebet seine Wirkung nicht verfehlen, wenn du es in einer würdevollen Stimmung sprichst und dir dabei die Gedanken machst, die du dir aufgrund deines bisherigen Verständnisses von diesem Text schon zu machen in der Lage bist.

»Sollten wir beim Beten etwas Besonderes beachten?«

Ein Gebet darf nicht primär dazu dienen, sich in eine wohlige Gemütsverfassung zu versetzen, wie das beispielsweise bei vielen Menschen, die den Rosenkranz beten, zu beobachten ist. Auch dürft ihr ein Gebet niemals gedankenlos runterleiern und währenddessen möglicherweise an etwas ganz anderes denken. Damit würdet ihr das Gebet entweihen!

Viele deiner Mitmenschen beten regelmäßig, weil sie glauben, dass sie dadurch nach ihrem Tod schneller in den Himmel kommen. Wenn sich jemand mit dieser Erwartung oder der Hoffnung auf einen Lohn zum Gebet erhebt, kann er es auch gleich sein lassen.

Überhaupt dürfen einem Gebet keine egoistischen Motive zugrunde liegen. Natürlich dürft ihr in einem Gebet irgendetwas erbitten, was euch am Herzen liegt. Aber das, was ihr erbittet, sollte keine unsinnigen oder egoistischen Züge aufweisen.

So wäre es etwa höchst unsinnig und egoistisch, wenn ihr darum bitten würdet, plötzlich viel Geld und Macht zu bekommen oder erfolgreich und berühmt zu werden.

Natürlich dürft ihr, wenn ihr oder einer eurer Angehörigen krank ist, darum bitten, dass eine Gesundung eintritt. Aber die Grundstimmung eines jeden Gebetes, insbesondere eines Bittgebetes, ist ganz wichtig. Diese hat kein geringerer als Jesus Christus euch gelehrt: *»Vater, lass diesen Kelch an mir vorüberziehen, doch nicht mein, sondern dein Wille* *geschehe«.* Das heißt, letztlich muss es dem Willen des Vatergottes oder – wie man vielleicht auch sagen könnte – den Notwendigkeiten des Schicksals anheim gestellt werden, ob der Wunsch erfüllt werden kann.

Es kann ja durchaus im Schicksal des kranken Menschen und seiner Angehörigen wohl begründet sein, dass es nicht zu einer Genesung kommt. Ihr Menschen seid natürlich viel zu kurzsichtig, ja geradezu blind, um so etwas einsehen zu können. Das soll natürlich überhaupt kein Vorwurf sein!

Auch wir Engel freuen uns, wenn uns ein Mensch um Beistand für sich selbst oder für einen anderen bittet. Dadurch fühlen wir uns wahr- und angenommen. Aber den Beistand würden wir auch leisten, wenn uns keiner darum bitten würde.

»Ist es wichtig, regelmäßig in die Kirche zu gehen?«

Ein Mensch, der noch nie in einem Gotteshaus war, ist uns keinen Deut weniger lieb und teuer als einer, der täglich in eine Kirche, Synagoge oder Moschee geht.

Es ist absolut gut und begrüßenswert, wenn jemand, der so wie du auch Katholik ist, in die Kirche geht, um den Gottesdienst zu besuchen. Aber entscheidend sind die Motivation, die innere Haltung und Gesinnung.

Jemand, der nur deshalb in die Kirche geht, weil es Tradition ist, weil es schon die Eltern und Großeltern gepflogen haben oder weil es der Pfarrer vorschreibt, kann auch gleich zu Hause bleiben. Erst recht sollte jemand lieber daheim bleiben, dessen Motiv für den Kirchgang nur darin besteht, von anderen Leuten gesehen und für einen anständigen, frommen Menschen gehalten zu werden. Auch jemand, der einen Gottesdienst zur Erhöhung seiner *eigenen* Wohlfahrt besucht, hat nicht die richtige Motivation.

Wenn du in die Kirche gehst, um etwa die Heilige Messe zu feiern, dann solltest du das in der Verehrung der Gottheit und in der Andacht an Christi Tat machen. Diese würdevolle, demütige und andächtige Stimmung ist notwendig. Sie ist die einzig angemessene! Wenn du in einer solchen Gestimmtheit die Heilige Messe besuchst, dann ist das sehr gut. Wenn du diese nicht in dir hervorzurufen vermagst, kannst du auch ebenso gut zu Hause zu bleiben. Dann hat es keinen besonders großen Wert – weder für dich selbst noch für die geistige Welt.

Hast du für heute noch weitere Fragen?

»Du hast angedeutet, dass es noch andere geistige Wesen gebe, die mächtiger seien als ihr Engel. Was sind das für Wesen?«

Ja, die gibt es in der Tat! Wir Engel stehen in der Hierarchie der göttlich-geistigen Wesen sogar ganz unten.

Es gibt insgesamt neun Stufen oder Reiche solcher Wesen, die man zusammenfassend als »Engelchöre«, »Engelreiche« oder auch kurz »Götter« bezeichnen könnte. Es gibt also noch acht Reiche über uns. Die Wesen dieser Reiche sind noch viel erhabener als wir. Je höher die Stufe, auf der sie stehen, ist, desto weiser und mächtiger sind sie, desto umfassender ist ihr Bewusstsein.

Früher haben die Menschen noch von ihnen gewusst. Dieses Wissen ist in den letzten Jahrhunderten immer mehr verblasst.

»Haben diese Wesen auch Namen?«

Ja, natürlich! Du musst nur die Bibel richtig lesen, dann kannst du diese Namen finden. Auch in einigen liturgischen Texten werden sie genannt. Die Wesen der nächsten Stufe sind die Erzengel. Sie stehen um eine Stufe über uns so wie wir eine über euch und ihr eine über dem Tierreich steht.

Dann folgen die Urbeginne, die Gewalten, die Mächte und die Herrschaften. Die drei höchsten Reiche bilden die Throne, die Cherubim und die Seraphim. Darüber steht nur noch die göttliche Trinität, die heilige, göttliche Dreifaltigkeit.

»Von den Erzengeln, Cherubim und Seraphim habe ich schon einmal in der Kirche gehört. Die anderen Namen waren mir nicht bekannt.

Haben diese hohen Engelwesen auch bestimmte Aufgaben?«

Selbstverständlich! Alle göttlich-geistigen Wesen haben ganz konkrete Aufgaben im göttlichen Weltenplan. Alle spielen eine entscheidende Rolle, die kein anderes Wesen ausfüllen könnte.

»Was sind das für Aufgaben?«

Die Zeit ist uns nicht gegeben, darüber ausführlich zu sprechen. Außerdem könntest du vieles nicht verstehen.

Ich möchte es nur kurz skizzieren: Also, so wie wir Engel einem ganz bestimmten Menschen zugeteilt sind, so sind die Erzengel einem bestimmten Volk zugeordnet. Sie führen und lenken ein ganzes Volk. Man könnte sie als »Volksgeister« bezeichnen. So wie sich die meisten Menschen nicht der Führung durch ihren Schutzengel bewusst sind, so ist sich ein Volk – zumindest in der heutigen Zeit – nicht der Führung seines Erzengels bewusst. Die weitaus meisten deiner Mitmenschen halten das sogar für einen völligen Unsinn.

Die Aufgaben der noch höheren Engelreiche kann ich dir in der uns zur Verfügung stehenden Zeit nicht darlegen. Auch sind selbst mir einige dieser Aufgaben nicht genau bekannt. Ich kann dir jetzt nur ein paar Andeutungen machen:

Alle diese Wesen – unabhängig davon, auf welcher Stufe sie stehen – waren und sind ganz wesentlich an der Schöpfung und Entwicklung des gesamten planetarischen Kosmos einschließlich der Erde und der Menschheit beteiligt.

Ihr Menschen seid ja so arrogant, dass ihr euch maßlos überschätzt! Ihr glaubt, dass alles, was ihr macht, aus euren ureigensten Fähigkeiten und Kräften fließen würde. Ich sage dir aber: Ohne das Wirken der Wesen der höheren Engelreiche könntet ihr nicht einmal einen Finger krümmen und einen Gedanken fassen! Wenn diese euch nicht permanent in ihre eigenen Betätigungen aufnehmen würden, bliebe euch nichts anderes übrig, als starr und stumpfsinnig herumzuliegen. Ich weiß, das ist für einen Menschen sehr schwer verständlich.

Alle diese Wesen spielen auch eine große Rolle für euch Menschen, wenn ihr durch die Pforte des Todes gegangen seid. Dann könnt ihr nicht nur euren Schutzengel, sondern auch diese hohen Wesen wahrnehmen. Sie werden euch viele Wohltaten erweisen. Es ist aber wichtig, dass ihr euch schon im Erdenleben mit diesen Wesen befasst, dass ihr an sie glaubt. Ansonsten werdet ihr euch schwertun, sie zu erkennen und zu verstehen, was sie euch reichen wollen.

»Du hast gesagt, dass ihr Engel auf der untersten Stufe aller Engelreiche steht. Gibt es keine für uns unsichtbaren Wesen, die unter euch stehen und euch dienen oder helfen?«

Ja, da gibt es noch einige. Ich möchte hier nur die soge-nannten »Naturwesen« oder »Naturgeister« nennen, die diesen Namen tragen, weil sie ihr Betätigungsfeld in der Natur haben. Da sie in den vier Elementen – also Erde, Wasser, Luft und Feuer – weben und wesen, werden sie auch als »Elementarwesen« bezeichnet. Du hast ihre Namen sicher schon einmal aufgeschnappt. Zu ihnen sind die »Gnomen«, »Undinen«, »Sylphen« und »Salamander« zu rechnen.

Sie gehören nicht zu den Engelreichen und nehmen gewissermaßen eine Sonderstellung ein. Sie sind gar nicht einmal besonders hoch entwickelte Wesen. Trotzdem ist ihr Wirken äußerst wichtig. Ich würde sie aber nicht unbedingt als *unsere* Diener bezeichnen. Sie dienen vielmehr dem gesamten göttlichen Weltenplan und sind damit genauso unverzichtbar wie alle anderen Wesen. Im Grunde sind es eigentlich *eure* Diener. Aber ihr nehmt sie ebenso wenig wahr wie ihr uns wahrnehmt.

»Dass ich dich nach meinem Tod sehen kann, finde ich wunderschön. Kann ich dann auch Gott sehen?«

Nein! Das ist nicht möglich! Nicht einmal wir Engel können Gott sehen.

»Was?! Nicht einmal ein Engel kann Gott sehen?!«

Richtig! Dieses unfassbar hohe Privileg genießen nur die Engelwesen, die auf der höchsten Stufe stehen, also die Seraphim. Nur sie können Gott in seiner wahren Gestalt sehen. Nur sie stehen ihm von Angesicht zu Angesicht gegenüber.

»Das enttäuscht mich ziemlich. Ich war mir immer sicher, Gott nach meinem Tod sehen zu können – zumindest falls ich in den Himmel kommen sollte.«

Ich weiß! Das hoffen viele religiös gesinnte Menschen. Aber ihr Menschen habt eine völlig falsche Vorstellung von diesem unfassbar hohen und erhabenen Gotteswesen!

Ich kann dir aber versichern, dass du nach deinem Tod nicht enttäuscht sein wirst, Gott nicht sehen zu können. Die hohen und höchsten Engelwesen, mit denen du dann zusammenkommen kannst, sind viel, viel großartiger, erhabener und verehrungswürdiger, als es Gott in deinen Vorstellungen und denen der weitaus meisten Menschen ist!

»Wie kann man sich dann Gott überhaupt vorstellen?«

Die Menschen – sofern sie überhaupt an Gott glauben – haben häufig recht naive Vorstellungen über Ihn. So glauben sie etwa, dass Er sozusagen im Alleingang alle Welten und Wesen erschaffen habe, sie lenke und leite und die Menschen vor Unheil bewahre. Nun, ich habe ja schon versucht, dir klarzumachen, dass es letztlich die Engelwesenheiten sind, die diese konkreten Aufgaben übernehmen. Natürlich könnten sie das nicht aus eigenem Antrieb. Selbstverständlich ist es Gott, der den großen Weltenplan vorgezeichnet hat. So wie ein Architekt viele Facharbeiter – Maurer, Zimmerer, Dachdecker, Maler, Handlanger, usw. – benötigt, damit ein Haus entstehen kann, bedarf Gott der vielen Engelwesen zur Ausführung seiner Pläne.

Es ist ein Hohn, ja geradezu der größte Witz der Menschheitsgeschichte, dass eure Wissenschaftler lehren, das ganze Universum wäre durch ›Zufall‹ entstanden. Wären sie wenigstens konsequent, so müssten sie auch sagen, dass etwa ein Haus nur durch einen Zufall entsteht und plötzlich einfach da ist!

Um zumindest ein gewisses Verständnis für diese höchste göttlich-geistige Wesenheit, die im Christentum als »Vatergott« bezeichnet wird, bekommen zu können, kannst du das Folgende bedenken: Der Vatergott ist gewissermaßen in allem, was ist. Es gibt nichts, was nicht Er oder zumindest ein Teil von Ihm ist. Sein Bewusstsein umspannt absolut alles, was existiert. Er ist in euch und in uns. Seine Substanz ist eure und unsere Substanz. Er geht in euch und in uns durch alles Dasein.

»Daran, dass alles durch einen Zufall entstanden ist, habe ich nie geglaubt. Allerdings war ich immer der Meinung, dass Gott alles erschaffen hätte. Aber wenn Gott in jedem Wesen ist, so ist es doch gar nicht falsch, wenn man sagt, Er habe alles geschaffen.«

Das ist vollkommen richtig! So kann man das durchaus sehen.
Es ist jetzt nicht mehr die Zeit weiterzusprechen. Hast du noch eine für heute abschließende Frage?

Ich fühlte mich ziemlich erschlagen von Angelos Belehrungen, die in vielerlei Hinsicht mein Weltbild auf den Kopf stellten.
Da ich mir nicht sicher war, ob ich noch einmal die Möglichkeit zu einem weiteren Gespräch bekommen würde, stellte ich nun die Frage, die mir seit Tagen keine Ruhe ließ:
»Du sagtest beim letzten Mal, dass ich in diesem Leben noch eine wichtige Verabredung einzuhalten habe. Kannst du mir bitte sagen, was genau du damit gemeint hast?«

Ich verstehe gut, dass dich diese Aussage sehr bewegt. Aber ich kann es dir nicht sagen, ich darf es dir nicht sagen. Wenn es eines Tages dazu kommen sollte, dass du diese Verabredung einhältst, wirst du es wissen. Du wirst dann wissen, was ich meinte.

Es wird uns bald wieder möglich sein, miteinander zu sprechen. Ich werde mich dir dann erneut kundtun.

Gott befohlen, geliebte Seele!

»Gott befohlen, geliebter Engel! Habe vielen Dank!«

* * * * * * * * * * * * * * * * * *

Mehr unbewusst schaute ich auf die Wanduhr. Ich war völlig irritiert: Es war immer noch genau 18 Uhr!

Obwohl ich das Gefühl hatte, dass mein Engelgespräch mindestens eine halbe Stunde gedauert haben dürfte, war offensichtlich überhaupt keine Zeit vergangen!

Noch bis in die Nacht hinein, bewegte ich Angelos Ausführungen in meiner Seele. Ich konnte es kaum glauben, dass über dem Reich der Schutzengel noch acht weitere Reiche existieren, deren Wesen noch weiser als mein Schutzengel sind. Schon die Weisheit meines Engels überstieg alles, was ich mir bis dahin vorzustellen vermochte.

Am zweiten Weihnachtstag freute ich mich schon den ganzen Morgen auf mein nächstes Gespräch mit meinem unsichtbaren Freund. Viele Fragen, die mir am Herzen lagen, hatte ich mir aufgeschrieben.

Bevor ich mich auf den Weg zur Kirche machte, um die Heilige Messe zu feiern, dachte ich noch einmal über das nach, was Angelo mir dazu mitgeteilt hatte. Ich versuchte, mir Rechenschaft zu geben, welche Motive ich üblicherweise hatte, um einen Gottesdienst zu besuchen.

In der Tat war es bei mir so, dass ich es vorwiegend aus einer gewissen Tradition heraus gemacht hatte, weil es meine Eltern schon immer so gepflogen hatten und weil es sich für einen guten Katholiken so gehört. Auch war es mir wichtig, dabei vom Pfarrer und vielen Gemeindemitgliedern gesehen zu werden.

Von diesem Tage an setzte ich mich in der Kirche für lange Zeit immer in eine der hinteren Reihen oder auf die Empore, so dass mich nur wenige Leute wahrnehmen konnten. Außerdem verzichtete ich in dieser Zeitspanne darauf, nach der Messe auf dem Kirchplatz mit anderen zu plaudern.

Erst als ich mir nach etwa einem Jahr sicher war, dass ich nicht in die Kirche ging, um von anderen gesehen und für einen frommen Menschen gehalten zu werden, gab ich dieses ›Versteckspiel‹ auf.

Des Weiteren war ich nun immer bemüht, vorher die richtige Stimmung und Gesinnung in mir wachzurufen. Wenn es mir einmal nicht gelang, zog ich es vor, daheim zu bleiben. Auch bei meinen Gebeten achtete ich darauf, sie in einer würdigen und demütigen Haltung zu sprechen.

Am späten Nachmittag dieses zweiten Weihnachtsfeiertages setzte ich mich wieder ins Wohnzimmer und wartete geduldig. Es wurde 18 Uhr, 19 Uhr, 20 Uhr... Mein Engel meldete sich nicht.

Kurz vor Mitternacht ging ich traurig und etwas enttäuscht zu Bett.

Am nächsten Morgen quälte mich zunächst der Gedanke, dass es zu keinem weiteren Gespräch mehr kommen könnte.

Doch als es dann auf Mittag zuging, verspürte ich so etwas wie eine innere Gewissheit, dass sich mein Engel wieder melden würde.

Meine Zweifel und Bedenken schwanden vollständig.

Als ich dann am frühen Abend ruhig und geduldig wartend in meinem Wohnzimmer saß, war es wieder so weit:

* * * * * * * * * * * * * * * * * *

Gott zum Gruße, geliebte Seele!
Es ist gut, dass du dich jetzt gedulden konntest. Ungeduld, Zweifel und Misstrauen erschweren die Kontaktaufnahme.

Du hast dir wieder einige Fragen zurechtgelegt. Ich kenne sie natürlich schon. Aber du musst sie trotzdem stellen.

»Gott zum Gruße, geliebter Angelo! Ja, ich habe noch so viele Fragen, viel mehr als auf meinen Zettel passen.
Also, du hast gesagt, dass du schon immer bei mir warst. Das heißt ja wohl, dass du seit meiner Geburt bei mir bist? Richtig?«

Ich war schon früher bei dir.

»Also schon seit der elterlichen Zeugung?«

Noch viel, viel früher.

»Wie kann das möglich sein? Du kannst doch nicht schon vor meiner Zeugung – also bevor ich geworden bin – bei mir gewesen sein! Da hat es mich doch noch gar nicht gegeben!«

Da hast du natürlich recht. Als es dich noch nicht gab, also bevor du geworden bist, kann ich in der Tat noch nicht bei dir gewesen sein. Man kann ja schließlich nicht bei etwas sein, das es nicht oder noch nicht gibt.
Aber du bist *nicht* erst bei der Zeugung durch deine Eltern geworden. Dich gibt es schon viel, viel länger. Und das gilt natürlich nicht nur für dich, sondern für alle Menschen.

»Ich fürchte, da kann ich dir jetzt nicht ganz folgen. Wo war ich denn vor meiner Geburt bzw. vor meiner Zeugung?«

Unmittelbar davor warst du da, wo ich jetzt bin.

»Im Himmel?«

Ja, so könnte man es nennen. Diesen Begriff bevorzugen die meisten Religionen. Man könnte es etwas neutraler als »geistige Welt« oder »übersinnliche Welt« bezeichnen.

»Die Vorstellung, dass ich vor meiner Geburt schon da war, dass ich schon vorher existiert habe, befremdet mich. Davon habe ich noch nie gehört.«

Ich weiß. Und so geht es immer noch sehr vielen Menschen. Die einen halten das für einen Unsinn, weil sie nur an das glauben, was sie mit ihren Augen sehen können. Also bestreiten sie die Existenz von Gott, Engeln und einer geistigen Welt. Die anderen glauben zwar an eine geistige Welt bzw. an den Himmel und natürlich auch an Gott und Engel, vertreten aber die Auffassung, dass sie bei der elterlichen Zeugung von Gott erschaffen wurden und dass es sie vorher gar nicht gegeben hätte. Überlege dir einmal, was das bedeuten würde: Dann könnten die Menschen durch einen Zeugungsakt Gott gewissermaßen zur Arbeit zwingen. Findest du nicht, dass das völlig absurd wäre!

Diese Anschauung, die immer noch weit verbreitet ist, rührt im Wesentlichen daher, dass die Kirchen die Lehre von der Präexistenz der Seele, die in früheren Zeiten den meisten Menschen als eine Selbstverständlichkeit galt, seit vielen Jahrhunderten als Irrlehre bezeichnen.

»Moment bitte, jetzt muss ich erst einmal tief Luft holen. Das widerspricht zu sehr allem, was ich bisher immer als absolute Tatsache aufgefasst habe. Wenn ich nicht in meinem tiefsten Herzen davon überzeugt wäre, dass du ein Engel bist, würde ich dich jetzt für verrückt erklären oder – entschuldige bitte – zum Teufel jagen!«

Mein Engel lachte und sprach:

Auf den Teufel können wir vielleicht später einmal zu sprechen kommen. Auch ihn und seine Bedeutung in der Welt verstehen die Menschen nicht richtig.

Nun aber zu deinem Einwand: Ich habe dir ja schon in unserem ersten Gespräch gesagt, dass ich dir nicht alles sagen kann, weil du einiges nicht verstehen und ertragen könntest. Ich fürchte, wir sind jetzt an einem solchen Punkt angelangt. - - - - - - - - - Nein, warte, ich spüre, dass du es verstehen kannst, dass du es verstehen musst!

»Ja, ich glaube und hoffe schon! Mich interessiert das Thema sehr, auch wenn ich alles, was ich dazu bisher geglaubt hatte, über den Haufen werfen muss. Du musst also Geduld mit mir haben. Aber davon hast du ja im Überfluss!«

Gut! Ich bin einverstanden! Also stelle eine Frage!

»Wenn ich es recht verstanden habe, hat es mich schon lange Zeit vor meiner Geburt gegeben. In dieser langen Zeit weilte ich im Himmel bzw. in der geistigen Welt. Ist das so richtig?«

Deine erste Aussage ist richtig, die zweite nicht!

»Also war ich nicht in der ganzen Zeit vor meiner Geburt in der geistigen Welt. Wo war ich dann?«

Deine Existenz pendelt permanent zwischen Aufenthalten auf der Erde und solchen in der geistigen Welt.
   Also: Leben in der geistigen Welt – Erdenleben – Leben in der geistigen Welt – Erdenleben – usw.

Ein großer und bedeutender Mensch, Johann Wolfgang von Goethe, hat das einmal sehr schön ausgedrückt:

Des Menschen Seele
Gleicht dem Wasser:
Vom Himmel kommt es,
Zum Himmel steigt es,
Und wieder nieder
Zur Erde muss es,
Ewig wechselnd.

Jedes Erdenleben beginnt mit der Geburt und endet mit dem Tod. Jedes Leben eines Menschen in der geistigen Welt beginnt mit dem Tod und endet mit der nächsten Geburt. Aus der Sicht der geistigen Welt ist jeder Tod eine Geburt. Das ist ein mindestens genauso großer Festakt, wie wenn ein Baby auf der Erde geboren wird!

»Ja, heißt das, dass dieses Erdenleben nicht mein erstes ist?«

Richtig! Du warst schon viele Male als Mensch auf der Erde verkörpert, und du wirst noch viele Male wiederkommen. Zwischen zwei irdischen Inkarnationen – das heißt, zwischen zwei Erdenleben in einem fleischlichen Leib – warst du für lange Zeit in der geistigen Welt.

Dort hast du dein abgelegtes Erdenleben aufgearbeitet und deine Schlüsse daraus gezogen. Anschließend hast du dich auf dein neues Erdenleben vorbereitet. Dabei wurdest du von mir und insbesondere von vielen Engelwesen der höheren Reiche immer tatkräftig unterstützt. Auch wenn jeder Mensch nach seinem Tod viel weiser und weitsichtiger als im Erdendasein ist, so würden seine Weisheit und Weitsicht nicht ausreichend sein, um diese wichtigen und höchst komplexen Arbeiten leisten zu können.

»Wenn ich dich recht verstehe, habe ich nicht nur schon einige Erdenleben *hinter* mir, sondern auch noch viele *vor* mir. Sehe ich das richtig?«

Ja, natürlich!

»Der Gedanke, dass ich noch viele Male geboren werde, ist mir nicht sonderlich sympathisch. Es ist nicht gerade eine schöne Vorstellung, noch einmal die Unbeholfenheit des Kleinkindalters durchlaufen, noch einmal zur Schule gehen zu müssen, usw.«

Ihr Menschen lasst euch zu sehr von euren Sympathien und Antipathien leiten. Diese vernebeln geradezu euer klares Denken. Viele halten dasjenige für wahr, was ihnen sympathisch ist, weil sie wünschen, dass es so wäre. Das, was ihnen unsympathisch ist, lehnen sie auf das Schärfste ab.

Wenn ihr zu wahrhaften Erkenntnissen kommen wollt, muss es euch gelingen, Sympathien und Antipathien schweigen zu lassen.

»Könnte man dann nicht schon als Erwachsener auf die Welt kommen, so dass einem die Kindheit und Jugendzeit erspart bleiben?«

Entschuldige bitte, aber das ist keine sehr kluge Frage! Dass ein Mensch bereits als Erwachsener auf die Welt kommt, ist zunächst einmal aus vielen Gründen unmöglich! Es wäre aber auch ziemlich abstrus und unsinnig.

Zum einen ist es ja keineswegs so, dass du die Erde beim nächsten Mal zwangsläufig wieder in deinem jetzigen Land betreten wirst. Genauso gut könntest du in einem ganz anderen Gebiet der Erde – vielleicht sogar auf einem anderen Kontinent – wiederkommen. Wie könntest du dich dann in die für dich neue Sprache, Kultur, Sitten und Bräuche einfinden, wenn du nicht von Kindesbeinen daran gewöhnt bist?

Zum anderen werden sich, wenn du das nächste Mal auf die Erde kommst, die Verhältnisse, Bedingungen, Technologien usw. derart verändert haben, dass du damit überhaupt nicht zurechtkommen könntest. Du würdest schon an den einfachsten alltäglichen Dingen scheitern. Du wärest in diesem gesamten Leben ein Außenseiter, ein Irrläufer!

Nur in seiner Kindheit kann ein Mensch diesen Prozess der Eingewöhnung erfolgreich absolvieren.

»Ja, ich glaube, dass ich das verstanden habe.

Ist dieser permanente Wechsel zwischen Erdenleben und Leben in der geistigen Welt so etwas wie ein Turnus oder Rhythmus, der von Ewigkeit zu Ewigkeit fortdauert? Werde ich bis in alle Ewigkeit immer wieder auf die Erde müssen?«

Nein. Das Ganze hat vor Urzeiten begonnen und wird erst in fernster Zukunft enden. Es hat für jeden Menschen ein *erstes* Erdenleben gegeben, und es wird für jeden eine *letzte* Inkarnation geben. Somit hatte Goethe nicht ganz recht, wenn er von »*ewig* wechselnd« spricht. Allerdings ist die Zeitspanne, in der es diesen Wechsel geben wird, so unermesslich lang, dass er euch Menschen in eurer subjektiven Wahrnehmung ›ewig‹ erscheint.

»Jetzt sag bloß, du warst schon in meinen früheren Inkarnationen als mein Schutzengel an meiner Seite?«

Ja, natürlich! Als du dein erstes Erdenleben antreten musstest – oder besser gesagt durftest –, wurde ich dir zugeteilt. Seitdem bin ich bei dir. Unabhängig davon, ob du gerade auf der Erde verkörpert warst oder ob du dich zwischendurch in der geistigen Welt aufgehalten hast, war ich immer an deiner Seite. Und ich werde bei dir bleiben, bis du eines fernen Tages deine letzte irdische Inkarnation vollendet haben wirst. Dann brauchst du mich nicht mehr.

Daher weiß ich auch *alles* über dich – nicht nur, was dieses Leben, das du gerade als die Persönlichkeit Johann Mitterweger führst, anbelangt!

»Das ist ja unfassbar und nicht gerade einfach zu verstehen. Warum erinnere ich mich dann nicht an meine früheren – oder zumindest an mein letztes – Leben auf der Erde?«

Die weitaus meisten Menschen haben keine Erinnerung daran, dass sie schon einmal auf der Erde waren. Sie können sich auch nicht daran erinnern, dass sie sich vor ihrer Geburt in der geistigen Welt aufgehalten haben.

Daher schlussfolgern sie, dass es diese Leben nicht gegeben hätte. Sie gehen von der irrigen Annahme aus, dass etwas, an das man gar keine Erinnerungen hat, auch nicht existent sein könnte.

Sie sind dabei aber inkonsequent. Wären sie konsequent, so müssten sie glauben, dass sie nachts, wenn sie sich in einem traumlosen Schlaf befinden, auch nicht existent sind, da sie sich nach dem Aufwachen an diese Zeit nicht erinnern können. Ferner müssten sie glauben, dass sie vor ihrem etwa zweiten Lebensjahr nicht existiert haben, weil sie sich an das, was sie in dieser frühen Kindheit oder gar in ihrer embryonalen Phase erlebt haben, nicht mehr erinnern können.

Das bekannte Erinnerungsvermögen setzt erst ein, wenn das sogenannte »Ich-Bewusstsein« erwacht, was bei den meisten Menschen im Alter von zwei bis drei Jahren geschieht.

»Aber *du* weißt doch, was ich in meinen früheren Leben gemacht habe, wer ich da war, wo ich gelebt habe, usw., oder?«

Ja, natürlich! Ich war ja immer bei dir.

»Kannst du mir etwas über mein letztes Leben erzählen?«

Natürlich könnte ich, aber ich darf es nicht! Diese Frage gehört zu denjenigen, die ich nicht beantworten darf.

Ich kann dir nur ein paar pauschale Antworten darauf geben:

Also, Du hast schon ein paar Dutzend Erdenleben hinter dir. Etwa je zur Hälfte hast du dich mal als Mann, mal als Frau inkarniert. Einige deiner Leben dauerten sehr lang, einige währten nur kurz. Mal bist du eines natürlichen Todes, mal durch ein Unglück oder die Hand eines anderen Menschen gestorben. Mal warst du reich, mal arm. Mal hast du ein vorwiegend glückliches und zufriedenes Leben, mal ein trauriges und betrübliches Leben geführt. Mal warst du Gebieter, mal Diener, mal Herrscher, mal Sklave.

Du hast schon sehr vieles erlebt und erfahren, was man als Erdenmensch erfahren kann und muss. Du hast schon vieles gelernt – aber noch längst nicht alles! In deiner geistig-seelischen Entwicklung hast du schon ein gewisses Niveau erreicht – aber noch längst nicht das, was es zu erreichen gilt! Daher musst bzw. darfst du – wie die weitaus meisten Menschen – noch viele Male wiederkommen.

»Schade, dass du mir keine Einzelheiten über mein letztes Erdenleben erzählen darfst! Das wäre doch höchst interessant!«

Die Triebfeder deiner Frage ist pure Neugier! Schon diese Neugier ist ein hinreichender Grund, dass ich dir diese Frage nicht beantworten darf. Aber es gibt auch noch keine Notwendigkeit, dich an deine letzten Leben zu erinnern. Du solltest aber wissen, dass es diese gegeben hat. Das *musst* du sogar wissen!

Noch ist es ganz gut, dass die Menschen sich im Normalfall nicht an ihre früheren Leben erinnern können. Es ist gewissermaßen ein Schutzmechanismus, den die geistige Welt euch gewährt.
Stelle dir etwa vor, dir hätte in deinem letzten Leben jemand etwas Übles angetan. Nun triffst du ihn in diesem Leben wieder. Wenn du dich daran erinnern könntest, so wäre es doch ungeheuer schwierig, zu diesem Menschen eine vorurteilsfreie Beziehung gewinnen zu können. Das Gleiche gilt natürlich auch, wenn du dem anderen in einer früheren Inkarnation übel mitgespielt hättest. Oder nimm ein ganz krasses Beispiel: In *spätestens* ein paar Jahrhunderten werden sich die Holocaustopfer und die Täter wiederverkörpern. Viele werden sich erneut treffen. Wie könnten diese mit ihrem Leben fertig werden, wenn sie voneinander wüssten!

Es wird aber schon recht bald eine Zeit kommen, in der sich viele Menschen die Reife erworben haben werden, auf ihre früheren Inkarnationen schauen und mit diesem Wissen umgehen zu können.

Heute ist es nur wichtig, dass die Menschen von der Reinkarnation, also von den wiederholten Erdenleben wissen. Die Menschen brauchen dieses Wissen. Leider lehnen es sehr viele immer noch ab. Allen voran die Kirchen bezeichnen es als Irrlehre.

»Habe ich früher auch nicht bemerkt, dass du bei mir warst und mich begleitet hast?«

Das ist erst seit einigen Jahrtausenden so. In deinen letzten Leben hast du mich genauso wenig wahrnehmen können wie in dem jetzigen.

Aber in deinen allerersten Inkarnationen war ich für dich mindestens so real wie es deine Mitmenschen waren.

Als für die Menschen der Inkarnationskreislauf vor langer, langer Zeit begann, wären sie ohne unsere *unmittelbare* Führung gar nicht in der Lage gewesen, auf der Erde zurechtzukommen. Da waren sie noch wie kleine Kinder, welche permanent ihrer Mutter bedürfen. Es wäre ihnen nahezu unmöglich gewesen, auch nur einen Handschlag zu machen, ohne von uns dazu angeleitet zu werden.

Als die Menschheit dann immer reifer wurde, weil jeder schon eine ganze Reihe von Erdenleben hinter sich hatte, mussten wir uns mehr und mehr zurückziehen. Wie ein Erdenkind nicht immer Kind bleiben darf, durfte auch die Menschheit nicht auf der Kindheitsstufe stehenbleiben. Je älter ein Menschenkind wird, desto mehr zieht sich die Mutter mit ihrer Hilfe und ihren Ratschlägen zurück, damit es ein selbständiger, lebenstüchtiger, freier Mensch werden kann.

So ist das auch bei uns Schutzengeln. Wir mussten euch im Laufe der Jahrtausende immer mehr loslassen, damit ihr freie Wesen werden konntet. Wir durften euch nicht mehr am Gängelband führen.

Das hat in den letzten Jahrhunderten schließlich dazu geführt, dass die meisten Menschen unser Wirken gar nicht mehr bemerken und unsere Existenz verleugnen. Ihr seid also von einem Extrem ins andere gefallen.

Es ist von eminenter Bedeutung, dass die Menschheit wieder an eine geistige Welt und an Engelwesen glaubt und dass sie sich ein Wissen darüber aneignet.

»Wie war das denn in den Zeiten, in denen ich zwischen zwei Inkarnationen in der geistigen Welt war? Habe ich dich da auch nicht wahrgenommen?«

Doch! Wenn ein Mensch stirbt und dann in die geistige Welt kommt, kann er seinen Engel und viele weitere Engelwesenheiten – und natürlich auch andere Verstorbene – wahrnehmen.

Er kann sie gewissermaßen mit ›geistigen Augen‹ sehen und mit ›geistigen Ohren‹ hören. Das ist ganz selbstverständlich. Das ist eine ganz normale Fähigkeit, welche die verstorbenen Seelen haben. Zu Lebzeiten ist das nur einem Menschen möglich, der in hohem Grade mit Hellsichtigkeit begabt ist.

Allerdings wird ein verstorbener Mensch nicht unbedingt erkennen, um wen es sich bei seiner Wahrnehmung eigentlich handelt. Er wird nicht unbedingt wissen, dass es Engel sind und was diese für ihn tun wollen. Er wird womöglich nicht einmal wissen, was Engel überhaupt sind.

Ich möchte dir wieder ein Beispiel bringen. Stelle dir einen Menschen vor, der noch nie etwas davon gehört hat, dass es Pferde gibt, der noch nie ein solches Tier – weder in natura noch auf Bildern – gesehen hat. Wenn dieser nun plötzlich einem Pferd gegenüberstehen würde, so wüsste er auch nicht, um was für ein Wesen es sich handelt. Möglicherweise würde er sich sehr fürchten und das Weite suchen. Vielleicht würde er sich ihm zu sehr nähern, was eventuell gefährlich werden könnte. Insbesondere würde er nicht wissen, dass und wie er sich ein Pferd zu Diensten machen könnte, was ein Pferd für ihn leisten könnte.

Was ich damit sagen möchte, ist Folgendes: Ein Mensch, der sich zu Lebzeiten nie mit Engeln befasst hat, der sich nie Vorstellungen über sie gebildet hat, der vielleicht sogar immer geglaubt hat, es gäbe sie gar nicht, wird nach seinem Tod große Probleme haben, wenn er dann einen Engel und viele andere geistige Phänomene wahrnimmt. Er wird nicht erkennen, welche segensreichen Dinge die Engel für ihn tun wollen. Er wird verunsichert und verängstigt sein. Dieser Zustand kann lange Zeit währen. Da sind uns dann auch die ›Hände‹ gebunden.

»Wie lange dauern diese Zwischenstationen in der geistigen Welt, also die Zeitspanne zwischen einem Tod und der nächsten Geburt? Wie lange war ich da jeweils in den übersinnlichen Gefilden?«

Ich würde die Zeit, die ihr zwischen Tod und neuer Geburt in der geistigen Welt verbringt, nicht als »Zwischenstation«

bezeichnen. Der Begriff passt gar nicht. Aber wenn man ihn schon verwenden wollte, dann eher für die Zeit, die ihr auf der Erde lebt.

Das wahre Leben spielt sich in der geistigen Welt ab! Entsprechend dauert ein Leben zwischen Tod und neuer Geburt auch deutlich länger als ein Erdenleben, also ein Leben zwischen Geburt und Tod.

Wie lange ein Leben zwischen zwei Erdenleben in der geistigen Welt währt, hängt von sehr, sehr vielen Faktoren ab, auf die ich hier nicht näher eingehen kann.

So wie ein Erdenleben im Durchschnitt so um die 70, 80 Jahre dauert, dauert das Leben in der geistigen Welt durchschnittlich vielleicht 300 bis 800 Jahre. Es kann aber in manchen Fällen auch durchaus so sein, dass eine Seele schon nach wenigen Jahrzehnten oder aber auch erst nach mehr als 1.000 Jahren wiedergeboren wird. Das sind jetzt allerdings nur ganz grobe Richtwerte.

»Kann ein Mensch auch als Tier wiedergeboren werden?«

Es gibt einige Menschen, die das glauben.

Aber das ist ein absoluter Unsinn! Ein solcher Rückschritt in der Entwicklung ist völlig unmöglich. Ein Mensch wird immer als Mensch wiedergeboren.

»Gibt es bei Tieren auch eine Reinkarnation?«

Nein! Tiere haben nur *ein* Leben auf der Erde. Das Gesetz der Reinkarnation, der Wiedergeburt gilt nur für euch Menschen – und für euren Planeten, die Erde! Darüber können wir vielleicht später noch einmal reden. Es ist ein schwieriges und ein für viele Menschen ganz unbekanntes Thema.

So, mein geliebter Johann, ich habe dir heute vieles berichten dürfen, was für dich völlig neu war, was viele Menschen nicht wissen, was für viele nur schwer verständlich ist.

Aber es ist wichtig, dass du das weißt, dass ihr das wisst!

Bewege in den nächsten zwei Tagen alles in deiner Seele. Denke darüber nach. Versuche, es zu verinnerlichen! Dann

wird es uns wieder möglich sein, miteinander zu kommunizieren.

Gott befohlen, geliebte Seele! Es sprach zu dir aus der Welt
des Geistes: dein Schutzengel Angelo.

»Habe meinen allerherzlichsten Dank für deine Worte und
dafür, dass du immer bei mir warst, bist und sein wirst,
geliebter Engel!«

* * * * * * * * * * * * * * * * * * *

Obwohl ich mir ziemlich sicher war, dass mein Engel auch
bei dieser Begegnung wieder in oder aus meinem Inneren
sprach, hatte ich zeitweise einen anderen Eindruck.
    Mir war eher so, wie wenn die Stimme von außen an mein
Ohr drang. Und es hatte den Anschein, als säße oder stünde
Angelo mir gegenüber.

Meine Gefühle, die ich nach diesem Gespräch verspürte und
die noch Stunden anhielten, kann ich kaum beschreiben. Es
war eine Mischung aus Leichtigkeit, Beschwingtheit und
tiefer Dankbarkeit.

Wieder war es so, dass während unseres Gesprächs keine
Zeit verstrichen ist. Es war geradezu so, als würde die Zeit
stillstehen, wenn ich mit meinem Engel spreche.

In den nächsten zwei Tagen machte ich mir viele Gedanken
über Angelos Ausführungen. Ich weiß nicht, ob ich es auch
verstanden hätte, wenn ein Mensch mir darüber berichtet
hätte. Alles, was mein Engel sprach, drang viel tiefer und
nachhaltiger in meine Seele ein.

Mir wurde jetzt erstmals so richtig bewusst, welch großes
Privileg ich genoss, mit meinem Engel sprechen zu dürfen

und welch unfassbare Gnade die geistige Welt mir zuteilwerden ließ.

Mir fiel ein, dass die Bibel von einigen Persönlichkeiten
schildert, die wir heute als Heilige verehren, denen auch ein
Engel erschienen ist. Ich verspürte einen großen Stolz und
hielt mich für auserwählt.

Am 29. Dezember hatte ich die Hoffnung, dass sich mein
Engel wieder am frühen Abend melden würde.

Ich verzichtete jetzt übrigens darauf, mir im Vorfeld detaillierte Fragen zu notieren, weil die Gespräche ja doch
immer überraschende Wendungen nahmen, die dann zu
ganz anderen Fragen Anlass gaben.

Ich konnte den Abend gar nicht erwarten. Da recht schönes
Winterwetter herrschte und ich mir die Zeit ein wenig ver-
treiben wollte, machte ich am späten Vormittag einen langen Spaziergang.

Ich wählte wieder meinen Lieblingsweg im Wald entlang
des Baches, des Engelsgraben.

Als ich an die Quelle kam, wurde mir wieder innerlich ganz
warm. Auch verspürte ich erneut das wohlige kribblige Gefühl auf meiner Haut. Ich war mir sicher, dass mein Engel
sich gleich melden würde.

Und so kam es auch:

* * * * * * * * * * * * * * * * * * *

Mein geliebter Johann, Gott zum Gruße!

In deiner Seele machen sich Stolz und Hochmut breit. Du
betrachtest dich als auserwählt und erhebst dich damit über
deine Mitmenschen. Solche Gefühle sind wie Gift für die
Seele! Unter diesen Voraussetzungen wird es dir nicht
mehr möglich sein, meine Stimme zu vernehmen.

Du solltest dir klarmachen, dass es eine sehr hohe Gnade ist, eine Gnade für die du keine Verdienste erworben hast, dass dir erlaubt und ermöglicht wurde, deinen Engel hören zu können. Das sollte dich mit Dankbarkeit und Demut erfüllen.

Wir können jetzt nicht mehr weiterreden. Damit hast du leider eines unserer sieben Gespräche verwirkt.

Gott befohlen, geliebte Seele!

* * * * * * * * * * * * * * * * * *

Ich war natürlich maßlos enttäuscht – weniger über die Reaktion meines Engels als vielmehr über mich selbst.

Angelo hatte ja völlig recht. In mir hatten sich in der Tat Stolz und Hochmut breitgemacht.

Jetzt gelang es mir langsam wieder, mir absolut bewusst zu machen, dass es ein unfassbares Gnadengeschenk war, dass mein Engel zu mir sprach, ein Geschenk, dessen ich im Grunde gar nicht würdig war.

Am Abend wandte ich mich gedanklich an meinen Engel:

»Mein geliebter Engel, mein über alles geliebter Angelo! Du hast völlig recht! Ich war sehr hochmütig und zählte mich zu den Auserwählten. Ich bin der Gnade, mit dir sprechen zu dürfen, nicht würdig. Mein Verhalten tut mir unendlich leid. Ich könnte es verstehen, wenn du dich nicht mehr melden würdest.

Habe meinen allerherzlichsten Dank dafür, dass ich dreimal mit dir reden durfte!«

Die Hoffnung, dass sich Angelo mir noch einmal kundtun würde, hatte ich fast schon aufgegeben.

Am Neujahrstag – es ging auf 18 Uhr zu – saß ich im Wohnzimmer und las in der Bibel.

Plötzlich wurde ich innerlich etwas unruhig. Mir war, als wäre noch jemand im Raum.

Ja, es war Angelo.

* * * * * * * * * * * * * * * * * *

Gott zum Gruße, geliebter Johann! Du hast dein Verhalten bereut. Es ist gut, dass du deinen Hochmut aus deiner Seele getilgt hast. So ist es uns wieder möglich, miteinander zu reden.
Du kannst nun deine Fragen stellen.

Ich war außer mir vor Freude:

»Gott zum Gruße! Gott und allen Engelwesen zum Gruße, mein geliebter Engel! Ich freue mich unbeschreiblich, dass du dich wieder meldest! Habe vielen, vielen Dank!«

Ja, ich freue mich auch, geliebte Seele! Stelle nun bitte deine erste Frage!

»Ich habe nochmals sehr gründlich über unser letztes Gespräch nachgedacht.

Die Vorstellung von den wiederholten Erdenleben erscheint mir einerseits ganz logisch zu sein, andererseits bereitet sie mir aber immer noch Schwierigkeiten.

Bisher war ich stets der Auffassung, dass jeder Mensch genau einmal auf der Erde erscheint und dass dieses eine Leben so etwas wie eine Prüfung ist. Je nachdem wie er sich verhält und wie er sein Leben gestaltet, wird er dann nach seinem Tod gerichtet.

Dann stehen ihm drei Wege offen:
Wenn er ein besonders guter und frommer Mensch war, kommt er sofort in den Himmel, wo er mit Gott, allen En-

geln und Heiligen ein friedvolles und freudiges Leben bis in alle Ewigkeit führen wird.

Wenn er ein ausgesprochen böser und schlechter Mensch war, kommt er in die Hölle, in der er ewige Qualen durch den Teufel erleiden muss.

Der häufigste Fall dürfte aber wohl der sein, dass er zunächst geraume Zeit ins Fegefeuer kommt. Hier muss er sich läutern und reinigen, um sich des Himmels als würdig zu erweisen.

So hat das mein Pfarrer gelehrt, und so habe ich es auch gut verstehen können. Aber das ist ja wohl falsch, oder?«

Ja, es ist falsch – oder bestenfalls halb richtig! In früheren Jahrhunderten waren die Menschen noch nicht reif, die Lehre von den wiederholten Erdenleben zu verstehen. Da waren die kirchlichen Lehren ganz gut und hinreichend, um ihnen eine gewisse Orientierung für ihr Leben zu geben.

Die Lehre von der Hölle, die auch heute noch weit verbreitet ist, haben sich religiöse Menschen, welche nicht an die Reinkarnation glauben wollen oder noch nie etwas davon gehört haben, zurechtgelegt. Es ist für sie eine Krücke, um eine Erklärung dafür zu haben, was mit einem extrem schlechten Menschen nach dem Tod geschieht. Diese Krücke brauchen sie für ihr Gerechtigkeitsempfinden.

Aber diese Zeiten, in denen man solche Konstruktionen benötigte, sind längst vorbei! Heute sind die Verstandeskräfte der Menschen ausreichend, um gewisse große göttlich-geistige Wahrheiten verstehen zu können. Heute *müsst* ihr das verstehen!

Schon einfache Überlegungen können dir verdeutlichen, dass man niemals von göttlicher Gerechtigkeit sprechen könnte, wenn man nur von einem einzigen Erdenleben ausgehen würde. Dann könnte es im Grunde gar keinen gerechten Gott geben!

»Welche Überlegungen meinst du?«

Du musst dich nur unter deinen Mitmenschen umschauen: Wie unterschiedlich sind diese! Wie unterschiedlich ist deren Schicksal!

Wenn es wirklich nur ein einziges Erdenleben gäbe, das für die Menschen *das* Prüfungsfeld darstellt, das über ihr ewiges Schicksal entscheidet, müssten dann nicht alle gleiche oder zumindest vergleichbare Chancen haben?

Betrachte etwa einen Menschen, der das ›Glück‹ hat, schon in seinen ersten Lebenstagen zu sterben. Nimm einen zweiten Menschen, der in ein sozial übles Milieu hineingeboren wird und nicht die ›Gnade‹ erwiesen bekommt, früh zu sterben. Der erste hat überhaupt keine Möglichkeit, ein schlechter Mensch zu werden, er kommt gar nicht dazu zu sündigen. Er müsste also in den Himmel aufgenommen werden, obwohl er nichts dazu beigetragen hat, obwohl er keine Verdienste erworben hat. Der andere hat vielleicht trotz aller Bemühungen aufgrund seiner Herkunft, seiner Erziehung und seines sozialen Umfeldes gar nicht die Möglichkeit, ein anständiges Leben zu führen. Diesem wäre doch wohl der Himmel – zumindest zunächst – versperrt.

Du musst gar nicht so ein extremes Beispiel betrachten, um dir die fehlende Chancengleichheit zu verdeutlichen. Betrachte einen ganz normalen, durchschnittlichen Menschen, der in eine moderne Großstadt hineingeboren wird. Selbst wenn dieser ein religiöses Leben führt, ist er doch ganz anderen Anfechtungen und Verlockungen ausgesetzt als jemand, der schon als Kind stirbt oder in solchen Verhältnissen aufwächst, in denen es ein Leichtes ist, gottgefällig zu leben. Von Chancengleichheit kann doch wohl nicht die Rede sein. Jeder gute und vernünftige menschliche Vater bzw. Lehrer gibt seinen Kindern bzw. Schülern die gleichen Chancen und Möglichkeiten. Umso mehr darf man das von einem gütigen, gerechten Gott erwarten.

»Ja, das kann ich nachvollziehen. Aber trotzdem kann man doch eigentlich nicht von Gerechtigkeit im Leben sprechen.

Manchen Menschen geht es sehr gut. Sie sind zeitlebens gesund, haben genügend Geld und müssen keine schweren Schicksalsschläge ertragen. Andere sind krank oder arm und werden häufig vom Schicksal gebeutelt. Einige werden mit einer schweren Behinderung geboren. Manche werden bei bester Gesundheit steinalt, manche sterben schon sehr früh. Das ist doch auch alles nicht gerecht!«

Also, du hast ja nicht ganz unrecht. Deine Argumentation wäre sehr stimmig, wenn jeder Mensch nur ein einziges Erdenleben hätte!

Aber jeder kommt viele Male auf die Erde. Und von Gerechtigkeit kann nur dann die Rede sein, wenn man die vielen Inkarnationen einer menschlichen Individualität berücksichtigt.

»Das würde ja bedeuten, dass das Schicksal eines Menschen in einem Leben etwas mit dem seiner früheren zu tun hat!«

Richtig! Ich habe ja schon gesagt, dass es keinen Zufall gibt. Das meiste, was euch Menschen in einem Leben geschieht, was euch also sozusagen ›zufällt‹, habt ihr in einem eurer früheren Leben veranlasst. Ihr habt das verursacht. Alles, was euch passiert, habt ihr gewissermaßen selbst so gewollt!

Damit sind wir nach dem »Reinkarnationsgesetz« bei dem zweiten großen kosmischen Gesetz, dem »Schicksalsgesetz«. In den fernöstlichen Traditionen spricht man vom »Karmagesetz«.

Ohne das Karmagesetz wären die wiederholten Erdenleben ziemlich sinnlos. Schon in der Bibel heißt es: *»Ihre Taten folgen ihnen nach«.* Nichts von dem, was ihr macht oder auch nur denkt, bleibt ohne Folgen, ohne Wirkungen. Manche Wirkungen treffen euch schon im gleichen Leben, viele erst in einem der folgenden. Ihr könnt nur das ernten, was ihr gesät habt.

»Verstehe ich das richtig, dass alles, was mir jetzt passiert, seine Ursache in einem früheren Leben und dass alles, was ich jetzt mache, seine Wirkung in einem nächsten Leben zeitigt?«

Ja, das kann man schon so sagen. Natürlich gibt es viele Ausnahmen. Nicht alles, was du jetzt erlebst oder machst, hat eine karmische Dimension. Aber im Allgemeinen ist das durchaus so.

Zu allen Zeiten haben die weisen Menschen den Schlaf als den »kleinen Bruder des Todes« bezeichnet. Wenn wir bei diesem Bild bleiben, so kann man zwei aufeinanderfolgende Tage mit zwei aufeinanderfolgenden Erdenleben vergleichen.

Nun ist es doch wohl so, dass vieles, was du an einem Tag machst oder erlebst, schon am Vortag oder an einem der vorigen Tage veranlasst wurde. Wenn du heute etwa einen Brief aus dem Briefkasten holst, so muss dieser schon mindestens einen Tag zuvor geschrieben und abgeschickt worden sein.

Umgekehrt muss du schon heute einen Brief schreiben und abschicken, damit er am nächsten Tag seinen Empfänger erreichen kann.

So ist das auch im Großen, wenn man zwei aufeinanderfolgende Erdenleben betrachtet.

Das Schicksal – sei es ein günstiges oder sei es ein schmerzliches –, das dich in diesem Leben ereilt, hast du durch irgendwelche Taten oder Verhaltensweisen in einem deiner früheren Leben verursacht. Alles, was du jetzt in diesem Leben machst, sind wiederum Ursachen, die in einem folgenden ihre Wirkungen nach sich ziehen. Das Karmagesetz hat nichts von Willkür. Es ist ein ganz logisches Gesetz, das genauso unbestechlich ist wie die Naturgesetze.

»Heißt das, dass ein Mensch, der jetzt ein sehr schlimmes Schicksal zu tragen hat, in seinem letzten Leben ein böser und schlechter Mensch war?«

So pauschal kann man das nicht sagen! Das muss keineswegs so sein. Aber es kann möglich sein. Stelle dir vor, ein Mensch hätte in einem früheren Leben einem anderen etwas Übles angetan. Dadurch hätte er sich dem anderen gegenüber verschuldet. Diese unrechte Tat verlangt einen Ausgleich. Im Leben nach dem Tod kann er dieses Unrecht nicht ausgleichen, nicht wiedergutmachen. Vor seiner neuen Geburt hat er dann den starken Drang, es im nächsten Leben auszugleichen. Für diesen Ausgleich kann er erst in einem folgenden Erdenleben sorgen. Nun gibt es unzählige Möglichkeiten, wie eine solche Wiedergutmachung ausschauen könnte.

»Kannst du ein Beispiel nennen?«

Nehmen wir ein krasses Beispiel: Ein Mensch tötet einen anderen. Spätestens nach seinem Tod wird ihm so richtig bewusst, was er da angerichtet hat. Er hat nun den starken Wunsch, es wiedergutzumachen. Das ist aber in der geistigen Welt nicht möglich. Diese Unmöglichkeit bereitet ihm heftige Qualen, wodurch der starke Impuls entsteht, es im nächsten Erdenleben auszugleichen.

Dann – im nächsten Leben – kommen die beiden wieder in irgendeiner Form zusammen. Jetzt gibt es unzählige Möglichkeiten, was der Täter dem Opfer zum Ausgleich Gutes angedeihen lassen kann.

Es wäre etwa möglich, dass der Verursacher Lehrer des Opfers wird und seinen Schüler auf allen Ebenen fördert.

Vielleicht wird das Opfer Vater des Täters, der seinen Vater im Alter liebevoll und aufopfernd pflegt.

Es gebe noch Tausende weiterer Möglichkeiten.

»Heißt das, dass man in seinem Leben immer wieder mit den Menschen zusammenkommt, die man schon aus früheren Leben kennt?«

Ja, das ist eine Notwendigkeit. Nur im Zusammenleben mit diesen Individualitäten kann man frühere Vergehen ausgleichen. Und jedes Unrecht *muss* früher oder später ausgeglichen werden. Bis zu eurer letzten irdischen Verkörperung muss eure karmische Bilanz weitgehend ausgeglichen sein!

Also, die meisten Menschen, mit denen du jetzt Kontakt hast, waren schon in früheren Leben deine Weggefährten. Wenn du an das Beispiel mit dem Mörder denkst, kann dir auch verständlich werden, dass es wirklich gut ist, dass ihr euch heute noch nicht an eure früheren Inkarnationen erinnern könnt!

»Wie wird denn dafür gesorgt, dass die richtigen Menschen wieder zusammenkommen?«

Das ist äußerst kompliziert und übersteigt euren menschlichen Verstand.

Aber das Prinzip kannst du vielleicht verstehen: Also, du kommst ja mit den Menschen aus deinem Lebensumfeld auch nach dem Tod in der geistigen Welt wieder zusammen. Je länger ihr dann in der geistigen Welt seid, desto weiser werdet ihr. Nun schmiedet ihr unter Anleitung hoher Engelwesen regelrechte Pläne für euer nächstes Leben. Ihr nehmt euch vor, euch wieder zu treffen, um euer gemeinsames Schicksal zu leben.

Dass es sich dabei um äußerst komplexe Planungen, die den menschlichen Verstand übersteigen, handelt, kannst du dir sicher denken! Schließlich müssen die Schicksalsfäden vieler Individualitäten in der richtigen Weise miteinander verknüpft werden.

»Stehen wir im nächsten Leben zu unseren Weggefährten in einer anderen Beziehung als im jetzigen?«

Ja, natürlich! Das ist zumindest der absolute Normalfall. Die Individualität, die in diesem Leben dein Vater war, *könnte* im letzten Leben dein Lehrer gewesen sein und im nächsten dein Sohn werden. Diejenige, die jetzt dein bester Freund ist, *könnte* deine Großmutter gewesen sein und dein Nachbar oder Arbeitskollege werden, usw., usw.

Also, dein Schicksalskreis ist sehr groß. Alle diese durch euer gemeinsames Schicksal gesponnenen Verknüpfungen müssen weitergesponnen werden.

»Aber wenn wir dann wieder geboren werden, haben wir doch alles wieder vergessen, was wir uns in der geistigen Welt vorgenommen haben. Wie können wir denn dann wieder mit den richtigen Menschen zusammenkommen?«

Jeder Mensch bringt eine unbewusste Kraft, sein Schicksal auszuleben, mit ins Erdenleben. Diese kann ihn zu den richtigen Menschen führen. Diese Kraft kann sich auf vielerlei Art äußern. So wäre es möglich, dass ihr einen Menschen, mit dem ihr zusammenkommen müsst bzw. wollt, gleich sehr sympathisch und anziehend findet. Du kennst doch die Formulierung »Liebe auf den ersten Blick«.

Wenn sich zwei Menschen in einem Erdenleben erstmals begegnen und sich dann sofort oder auch erst später ineinander verlieben, sagen sie häufig: »Das Schicksal hat uns zusammengebracht.« Meistens verwenden sie diese Formulierung aber nur als eine Floskel oder aber sie setzen »Schicksal« mit »Zufall« gleich.

Dass es keinen Zufall gibt, habe ich dir ja schon erklärt. Das Schicksal ist nichts Nebulöses, Diffuses oder Wesenloses. Es gibt im Grunde im gesamten Kosmos nichts, das wesenlos ist. Vielmehr ist alles wesenhaft; hinter allem stecken ganz reale und konkrete Wesen!

Das Schicksal oder Karma eines Menschen ist äußerst kompliziert. Sehr hohe Engelwesen, die man auch als »Schicksalsmächte« bezeichnen könnte, arbeiten mit den Seelen der verstorbenen Menschen daran, dass sich deren Schicksal im nächsten Leben erfüllen kann. Wir Engel, die wir auf der untersten Stufe der Engelhierarchie stehen, sind dann gewissermaßen die ›Erfüllungsgehilfen‹.

In vielen Fällen müssen wir eingreifen, indem wir dem betreffenden Menschen eine zarte Anregung oder einen kleinen Schubser geben. Wie wir das machen und wie ihr das bemerken könnt, habe ich dir ja schon erläutert. Auch die menschlichen Seelen aus eurem Schicksalskreis, die noch in der geistigen Welt sind, können dabei mithelfen.

»Kannst du mir das bitte noch etwas näher erläutern, wie ich mir das genauer vorstellen kann?«

Sehr gerne! Ich möchte dir anhand einiger ganz konkreter Beispiele aufzeigen, wie oder auf welchem Weg wir oder auch manche Verstorbene eingreifen können:

Einem Mann wird sein Job gekündigt. Er ist maßlos enttäuscht, findet aber etwas später einen neuen Job in einem anderen Unternehmen. In diesem kommt er mit einer Kollegin zusammen, in die er sich schon bald verliebt und die er später heiratet. Hätte der Mann seinen Job nicht verloren, hätte er die Frau vermutlich nie kennengelernt – zumindest wäre es dann nicht so einfach gewesen. Dann hätten wir einen anderen Plan schmieden und verfolgen müssen.

Ein Arzt will zu einem Kongress fliegen. Da er etwas rumgetrödelt hat, verpasst er sein Flugzeug. In dem nächsten Flieger, den er dann besteigt, ist ein junger Mann, der einen schweren Anfall erleidet. Der Arzt, der der einzige Sachkundige an Bord ist, kann dem Mann, der sonst womöglich gestorben wäre, helfen.

Eine Frau rutscht aus und bricht sich ein Bein, so dass sie ins Krankenhaus muss. Auf ihrem Zimmer liegt eine andere Frau, mit der sie sich anfreundet. Daraus entwickelt sich eine tiefe Freundschaft, die ihr ganzes Leben währt.

Ein Elternpaar möchte seinen zehnjährigen Sohn auf einem Gymnasium anmelden. In der entsprechenden Klasse dieser Schule ist jedoch kein Platz mehr frei, so dass die Eltern ihn auf ein anderes Gymnasium schicken müssen, was ihnen gar nicht behagt, da diese Schule recht weit entfernt ist. Aber genau auf dieser Schule trifft ihr Sohn auf einen alten Weggefährten aus früheren Inkarnationen, der hier sein Lehrer wird. Dieser Pädagoge, der an dem Jungen alte Verschuldungen ausgleichen muss, fördert ihn auf allen Ebenen und wird für ihn ein väterlicher Freund.

Solche und ähnlich gelagerte Fälle geschehen jeden Tag unzählige Male in der Welt! In all diesen Fällen würden die meisten Menschen wieder einmal den Zufall bemühen.

»Das ist sehr interessant! Über solche Zusammenhänge macht man sich ja nie Gedanken.«

Richtig! Ihr könnt diese Zusammenhänge nicht erkennen. Ihr könnt sie bestenfalls im Rückblick auf euer Leben erahnen.

»Geht es in jedem Leben nur darum, alte Verschuldungen auszugleichen?«

Nein, natürlich nicht! Das ist nur *eine* Mission.

Ihr habt in jedem Leben aus eurer menschlichen Freiheit heraus die Möglichkeit, ja die Aufgabe, ganz neue Impulse zu setzen. Bevor ihr zu einer neuen Geburt schreitet, nehmt ihr euch in der geistigen Welt vor, im nächsten Leben etwas ganz Bestimmtes zu machen oder zu erledigen. Ihr stellt euch eine oder auch mehrere Aufgaben für euer Leben.

Dabei geht es bei dieser Lebensaufgabe nicht unbedingt darum, etwas Großes zum Wohle der Menschheit zu leisten. Es können durchaus recht banale Aufgaben sein.

Stelle dir beispielsweise eine Individualität vor, die in ihren bisherigen Inkarnationen meistens in geordneten Verhältnissen gelebt hat, die immer alles auf die Reihe gekriegt hat. Für sie könnte es nun sehr förderlich sein, einmal eine eher chaotische Inkarnation zu erleben. Das könnte nun zum Beispiel so aussehen, dass sie in ein Leben eintaucht, in der ihr als alleinerziehende Mutter die Arbeit, die ihr ihre Kinder und der Haushalt machen, über den Kopf zu wachsen droht.

»Hat sich jeder Mensch vor seiner Geburt eine solche Lebensaufgabe gestellt?«

Ja, eine oder sogar mehrere.

»Ich verkneife mir die Frage, welche Aufgabe ich mir gestellt habe. Du würdest sie mir ja wohl kaum beantworten. Gibt es denn so etwas wie ein Kriterium, an dem man feststellen kann, ob man seine Lebensaufgabe erkannt hat und ob man auf dem richtigen Weg ist, sie zu erfüllen?«

Es gibt dafür zwar keine messerscharfen Kriterien, aber sehr wohl Anhaltspunkte!

Wie du weißt, gibt es etliche Menschen, die mit sich und ihrem Leben sehr unzufrieden sind. Dann gibt es welche, die tiefste Zufriedenheit und Glück ausstrahlen.

Diejenigen, die zur ersten Gruppe gehören, sind oftmals solche, die ihre Lebensaufgabe noch nicht gefunden haben oder die irgendwie – mehr unbewusst – spüren, ihr nicht gewachsen zu sein.

»Ich möchte jetzt noch einmal auf bestimmte Schicksalsschläge zu sprechen kommen. Was kann denn der karmische Grund sein, wenn einen Menschen ein besonders schweres Schicksal ereilt? Ich denke etwa an ein Kind, das mit einer schweren Behinderung zur Welt kommt und nie ein normales Leben führen kann.«

In einem solchen Fall wäre es eine boshafte Unterstellung, wenn man glaubte, das behinderte Kind hätte dieses harte Schicksal verdient, weil es im letzten Leben ein schlechter Mensch gewesen wäre.

Gewiss kann eine Behinderung eine karmische Wirkung sein. Dann muss es in früheren Leben eine Ursache gegeben haben, die diese Wirkung jetzt nach sich zieht. Als Ursache darf aber keineswegs unterstellt werden, dass diese Individualität im letzten Leben ein radikal böser Mensch gewesen wäre.

Jede menschliche Individualität hat in jedem Leben aus ihrer Freiheit heraus die Möglichkeit, etwas zu bewirken, was karmisch *nicht* notwendig wäre. Sie kann also jederzeit für neue, erste Ursachen sorgen.

Ein Kind, das mit einer schweren Behinderung geboren wird oder schon sehr früh stirbt, legt in den meisten Fällen damit eine neue karmische Ursache, die natürlich im nächsten Leben – und auch bereits im Leben nach dem Tod in der geistigen Welt – ihre positive Wirkung zeitigen wird.

Oftmals ist es so, dass sich eine solche Seele ihr schweres Schicksal schon in der vorgeburtlichen Zeit gewählt hat, dass es das geplant hat. Damit bringt sie ihren Eltern, deren Schicksal ja auch sehr hart ist, ein regelrechtes Opfer.

»Das mit dem Opfer verstehe ich nicht so ganz!«

Gut! Ich möchte dir einen konkreten Fall schildern, der unzählige Male vorkommt:

Ein Ehepaar will von Religion und Spiritualität nichts wissen. Es führt also ein aus spiritueller Sicht sehr trostloses Leben. Auch seine Lebensaufgabe hat es noch nicht ergriffen.

Eine Seele aus dem Schicksalskreis der beiden, die sich in der geistigen Welt zu einer neuen Inkarnation anschickt, erkennt das. Nun plant sie, sich als deren Kind zu verkörpern. Unter Anleitung und Mithilfe hoher Engelwesen entscheidet sie sich, mit einer schweren Behinderung zur Welt zu kommen oder ihr Leben schon nach ein paar Jährchen zu beenden.

Sie hofft, dass ihre Eltern durch die durch diesen Schicksalsschlag bedingte Verzweiflung und Trauer ihrem Leben eine ganz andere Richtung geben, dass sie jetzt zu einem spirituellen Leben finden können, dass sie jetzt endlich aufwachen. In vielen Fällen gelingt das dann auch.

Die Seele macht das aus Liebe zu den Eltern. Sie verzichtet auf ein ›normales‹ Leben. Auch wenn ein so beschwerliches oder kurzes Leben die Seele des Kindes weiterbringt, ist es doch wohl ein großes Opfer, das sie bringt!

»Ja, das habe ich jetzt verstanden.

Hat sich meine Tochter Angela durch ihren frühen Tod auch geopfert?«

Du weißt, dass ich dir diese Frage nicht beantworten darf.

Hast du noch eine weitere Frage für heute?

»Nein, ich glaube, ich muss das, was du mich heute gelehrt hast, erst einmal verarbeiten.«

So soll es denn sein! Gott befohlen, geliebter Johann! Ich werde mich noch genau zweimal bei dir melden.

»Gott befohlen, geliebter Engel! Habe meinen allerherzlichsten Dank! Bis zum nächsten Mal!«

* * * * * * * * * * * * * * * * * *

Meine Seele hüpfte fast vor Freude! Meine Dankbarkeit, die ich für meinen Engel empfand, kann ich gar nicht in Worte fassen.

Auch wenn ich in diesen Tagen meine alltäglichen Pflichten durchaus nicht vernachlässigte, so drehten sich meine Gedanken doch den ganzen Tag um das, was Angelo mir in unseren bisherigen Gesprächen offenbart hatte.

Die Lehren von den wiederholten Erdenleben und dem Karmagesetz erschienen mir jetzt absolut plausibel und logisch zu sein.

Immer wieder stellte ich mir die Frage: »Warum habe ich von all diesen Dingen bisher nie etwas gehört? Warum wissen so wenige Menschen davon?«

Das, was mein Engel mir anvertraute, hat meine Sicht auf die Welt radikal verändert. Es war eine unglaubliche Bereicherung.

Ich konnte es gar nicht abwarten, dass sich Angelo wieder bei mir meldet.

Am 2. und 3. Januar wartete ich den ganzen Tag vergeblich auf ein Zeichen. Ich blieb aber geduldig, da ich sehr zuversichtlich war, dass Angelo sein Versprechen einhalten wird.

Am nächsten Tag war ich mir ziemlich sicher, dass er sich wieder melden würde. Schließlich hatte er noch zwei Gespräche angekündigt und die Raunächte dauerten nur noch drei Tage. Ich fieberte schon dem Abend entgegen.

Am frühen Nachmittag – es herrschte herrliches Winterwetter – wollte ich eigentlich einen kleinen Spaziergang machen.

Aber irgendetwas hielt mich davon ab. Vielmehr verspürte ich einen Drang, mich im Wohnzimmer im Sessel niederzulassen.

Als ich noch nicht ganz im Sessel saß, wurde mir klar, dass Angelo mir diesen Impuls geschickt hatte und dass er sich gleich melden würde. So war es auch!

* * * * * * * * * * * * * * * * * *

Gott zum Gruße, geliebte Seele! Es spricht zu dir aus der Welt des Geistes: dein Schutzengel Angelo. Es ist gut, dass du zu Hause geblieben bist. So kannst du dich ohne äußere Einflüsse ganz auf unser Gespräch einlassen.

»Gott zum Gruße, geliebter Angelo! Schön, dass du wieder da bist!

Ich glaube, dass ich vieles von dem, was du mir dargelegt hast, verstanden habe. Trotzdem sind in meinem Kopf noch viele Fragezeichen.

Du hast doch einmal gesagt, dass wir Menschen freie Wesen seien. Diese Freiheit scheint mir mit dem Karmagesetz nur schwer vereinbar zu sein.

Irgendwie scheint doch alles vorherbestimmt zu sein. Sind wir Menschen nicht wie Marionetten an den Fäden des Schicksals bzw. der Schicksalsmächte?«

Wenn du das so siehst, hast du den Sinn und das Wirken des Karma noch nicht ganz richtig verstanden.

Ich will versuchen, dir klarzumachen, dass Karma und Freiheit sich keineswegs widersprechen!

Betrachte deine aktuelle Situation, in der es dir möglich ist, mit mir zu kommunizieren. Natürlich hängt es auch mit deinem Karma zusammen, dass dir diese Gnade erwiesen werden konnte.

Aber es hat dich keiner gezwungen, mit mir zu sprechen. Du hättest meine Anwesenheit ignorieren oder mich bei unserem ersten Gespräch auffordern können, dich in Ruhe zu lassen. Das hätte ich selbstverständlich akzeptiert.

»Gut, das sehe ich ein. Aber nimm den Fall, dass wir Verschuldungen aus früheren Leben ausgleichen müssen. Da haben wir doch keine Wahl. Daran führt doch kein Weg vorbei, oder?«

Zunächst einmal musst du immer bedenken, dass ihr selbst euch vieles von dem, was ihr in einem Erdenleben macht, vor eurer Geburt in der geistigen Welt ganz fest vorgenommen habt. In dieser Zeit war euch klar, dass es notwendig ist, bestimmte Erlebnisse und Erfahrungen zu machen. Es war euer innigster Wunsch. Es war euer eigener Plan, an dem natürlich hohe und höchste Engelwesen mitgewirkt haben!

Wenn du jetzt etwa den Plan hättest, nach Amerika zu fliegen, so wäre es doch auch ein Unsinn, wenn du dich – dort angekommen – unfrei fühlen würdest, weil du nicht innerhalb kürzester Zeit wieder in deinem Wohnzimmer sitzen kannst.

»Aber auch wenn wir selbst den Plan gefasst haben, ein Unrecht einem anderen Menschen gegenüber gutzumachen, sind wir doch in diesem Leben nicht frei. Da müssen wir doch durch, selbst wenn dieser Mensch uns völlig unsympathisch ist.«

Ich könnte deinen Einwand ein wenig nachvollziehen, wenn die Art und Weise, wie dieser Ausgleich erfolgen soll, im Vorhinein absolut feststünde. Das ist aber keineswegs der Fall!

Natürlich kann ein Mensch denjenigen Ereignissen im Allgemeinen nicht entgehen, die eine notwendige karmische Wirkung von Handlungen aus früheren Leben darstellen, seien es positive oder negative. Aber auch in diesem Fall darf man nicht von der Annahme ausgehen, als griffe das Karmagesetz wie eine mathematische Funktion.

Der folgende Schluss ist eben *nicht* zulässig:

»Wenn Handlung x als Ursache veranlagt wurde, dann tritt genau Ereignis y zum Zeitpunkt t als karmische Wirkung ein.«

Weder der genaue Zeitpunkt, wann diese Wirkung eintrifft, noch das konkrete Ereignis, das die Wirkung repräsentiert, sind vorherbestimmt, sondern sehr stark von den Bedürfnissen und Lebensbedingungen der jeweiligen Individualität abhängig.

»Kannst du das bitte etwas genauer schildern?«

Ich möchte dir ein vergleichendes Beispiel geben, in dem Ursache und Wirkung im gleichen Leben liegen:

Stelle dir einen Mann vor, der eine Frau auf das Übelste beleidigt. Mit dieser Tat legt er eine Ursache, die ihn früher oder später in irgendeiner Form als Wirkung treffen wird. Nun gibt es aber doch wohl die unterschiedlichsten Möglichkeiten, wann und auf welche Art ihn diese Wirkung treffen kann. Die möglichen Reaktionen sind zwar nicht mehr unbedingt dem freien Willen des Mannes unterstellt, den er in gewisser Weise durch seine Beleidigung schon missbraucht hat, sehr wohl aber sind sie dem freien Willen der Frau unterstellt.

Es könnte sein, dass die Frau ihn umgehend heftig beschimpft. Es könnte sein, dass sie ihm sofort eine schallende Ohrfeige versetzt. Genauso gut wäre es möglich, dass die Frau einfach wortlos geht und den Mann wegen Beleidigung verklagt. Des Weiteren wäre denkbar, dass der Mann ein paar Tage später von dem Gatten der Frau eine Tracht Prügel bezieht. Natürlich könnte die Wirkung auch darin bestehen, dass ihn die Menschen, die von seiner Beleidigung Kunde erhalten haben, zukünftig meiden. Ich könnte gar nicht damit fertig werden, alle denkbaren Wirkungen aufzuzählen. Sicher ist, dass der Mann die Konsequenzen seiner Tat zu spüren bekommt. Es ist aber keineswegs sicher, wann oder wie das geschehen wird. Selbst der Verursacher hätte noch in einem gewissen Rahmen durch seinen freien Willen die Möglichkeit, die Wirkung zu mildern oder in eine ganz andere Richtung zu lenken, indem er sich beispielsweise bei der Frau entschuldigt.

»Trotzdem entsteht in mir gerade das Bild, dass wir in einem Leben zu nahezu nichts anderem kommen können, also unsere Schwächen und Fehler aus unseren früheren Leben auszubaden.«

Es gibt Fälle, in denen das im Grunde so ist. Aber das sind Ausnahmefälle! Stelle dir etwa einen Massenmörder vor, beispielsweise einen der vielen Nazi-Verbrecher. Bei einem solchen bedarf es vermutlich sogar mehrerer Leben, um sein Unrecht ausgleichen zu können. Wie gesagt – das sind absolute Extremfälle. Aber selbst ein so schuldbeladener Mensch wird dennoch den einen oder anderen neuen Impuls setzen können.

Also, im Allgemeinen ist es ganz gewiss nicht der Fall, dass ein Mensch in einem Leben zu nichts anderem kommt, als seine Verschuldungen, Schwächen und Fehler aus seiner letzten Inkarnation auszubaden – wie du es nennst!

Das wäre ja geradezu so, wie wenn ein Bauer im Spätsommer und Herbst nichts anderes mehr täte, als das zu ernten, was er im Frühjahr ausgesät hat. Selbstverständlich wird dieser auch noch ganz andere Dinge tun. Er wird etwa schon die Saat für das nächste Jahr vorbereiten, seine landwirtschaftlichen Maschinen warten und vieles mehr.

So ist es auch insgesamt im Leben eines Menschen. Der Mensch hat jederzeit aus seiner Freiheit heraus die Möglichkeit, Handlungen zu begehen oder Erfahrungen zu machen, die karmisch nicht notwendig sind, sondern einen ganz neuen Einschlag in seinen ewigen Lebenslauf bringen. Diese neue, karmisch unverursachte, aus freiem Willen entsprungene Tat stellt dann karmisch gesehen eine neue, erste Ursache dar. Diese wird dann in einem weiteren Leben natürlich eine karmische Wirkung nach sich ziehen, die je nach Art der Tat als etwas Positives oder aber etwas Negatives auftreten wird. Wenn jemand Disteln sät, kann er natürlich nicht erwarten, Rosen ernten zu können.

Im Erdenleben eines jeden Menschen treten fortwährend Ereignisse und Erlebnisse auf, die nichts mit seinen Verdiensten oder Verschuldungen aus einem seiner früheren Leben zu tun haben. Solche Ereignisse und Erlebnisse finden dann in der Zukunft ihren karmischen Ausgleich.

»Macht uns die im Vorgeburtlichen gestellte Lebensaufgabe nicht unfrei? Ist dadurch nicht vieles vorherbestimmt?«

Auch die macht euch nicht unfrei!

Stelle dir als Beispiel vor, eine Seele habe sich vor einer erneuten Inkarnation vorgenommen, etwas Soziales, etwas zum Wohle anderer Menschen zu tun.

Ja, wie viele Möglichkeiten hat sie da in einem Leben, diese Aufgabe zu erfüllen! Die Persönlichkeit, in welche die Seele einzieht, könnte sich beispielsweise dazu entschließen, Arzt, Krankenschwester, Erzieher, Altenpfleger, Seelsorger oder dergleichen zu werden, um in dieser Funktion für andere Menschen da sein zu können. Dieser Mensch könnte es aber auch bevorzugen, einen anderen, nichtsozialen Beruf zu ergreifen und dann vielleicht in seiner Freizeit sich zum Beispiel in aufopfernder Weise um behinderte oder ›benachteiligte‹ Mitmenschen kümmern. Er könnte sich aber durchaus auch in dem Unternehmen, in dem er tätig ist, in selbstloser Weise für die Interessen seiner Kollegen einsetzen. Auch hier sind zahllose weitere Möglichkeiten denkbar, in welcher konkreten Form er seine Aufgabe erfüllen möchte, wie sein Leben ablaufen könnte. Dazu ist ihm ja seine Entscheidungsfreiheit gegeben worden.

Diese würde es ihm sogar gestatten, auf die Erfüllung einer Lebensaufgabe ganz zu verzichten, falls er den Eindruck hat, damit überfordert zu sein oder falls seine konkreten Lebensumstände sie erschweren. Es wäre ja auch möglich, dass er seine Aufgabe nicht ergreifen kann, weil er sie gar nicht erkennt und findet. Natürlich würde das die Gefahr in sich bergen, dass er seine Entwicklung nicht in der beabsichtigten und notwendigen Weise vorantreiben könnte und diese Aufgabe in einem späteren Lebensabschnitt – oder sogar in einem der nächsten Leben – nachholen müsste.

»Ich glaube, das kann ich nachvollziehen.

Nun habe ich noch eine etwas provokative Frage. – Du musst mir aber vorher versprechen, dass du mir nicht böse bist!«

Ein Engel könnte seinem Schützling niemals böse sein. Wir wissen gar nicht, wie das geht!

Also, nur zu!

»Na gut! Sind wir Menschen nicht dadurch ein Stück weit unfrei, dass wir von unserem Engel geführt und geleitet werden?«

Eigentlich hättest du schon aufgrund meiner früheren Ausführungen wissen können, dass das nicht so ist!

Jetzt noch einmal ganz deutlich:

Bei all seinen Bemühungen würde ein Engel *niemals* auf eine diktatorische Art in euer Leben eingreifen. Er würde es als ein schweres Sakrileg empfinden, euren heiligen freien Willen zu beschneiden. Der führende Engel würde sich grundsätzlich nicht einmischen, wenn es um eine Handlung oder Entscheidung geht, die im Bereich dessen liegt, was ihr erkennen, in seinen Auswirkungen überblicken und über das ihr selbst vernünftig nachdenken und entscheiden könnt. Er greift nur dann ein, wenn es außerhalb eurer Seelenkräfte liegt, die Folgen zu überschauen. Aber auch dann führt er euch auf eine äußerst zarte und subtile Weise, so dass es jederzeit möglich ist, euch gegen seine ›Eingebungen‹, die ihr etwa als Gedanken, Gefühle, Ideen oder Traumbilder empfangt, zu entscheiden oder – was leider häufig vorkommt – sie gar nicht erst wahrzunehmen.

Ich möchte noch ein ganz banales Beispiel aus dem Erdendasein bringen, welches das verdeutlichen kann.

Stelle dir einen Mann vor, der nach reiflicher Überlegung den Entschluss fasst in seiner Heimat alle Zelte abzubrechen, um in einem fremden Land neu anzufangen. Sein Plan ist es, sich dort ein Häuschen zu kaufen und Schafe zu züchten.

Nun hat der Mann aber ein Problem: Sein Kurzzeitgedächtnis ist nicht das beste. Er vergisst viele Dinge wieder sehr schnell – so wie das etwa bei einer beginnenden Demenz der Fall sein kann.

Nun kommt er in dem fremden Land an. Er kann sich aber gar nicht mehr so richtig erinnern, was er hier wollte.

Nun gibt es zwei Möglichkeiten: Entweder führt er jetzt ein recht unorientiertes, vielleicht sogar chaotisches Leben und fragt sich andauernd nach dem Sinn seines Aufenthaltes in der Fremde, oder er hat Glück!

Das Glück bestünde nun darin, dass er einen Freund zur Seite hat, der ihn immer wieder einmal ganz vorsichtig daran erinnert, welche Ziele er mit seiner Auswanderung verbunden hat.

Der Freund würde ihm aber niemals vorschreiben, was er zu machen hat. Er würde ihn nur ganz behutsam an seine eigenen Absichten erinnern und nicht enttäuscht sein, wenn der andere diese Anregungen verwerfen würde.

»Das habe ich jetzt verstanden. Dein Beispiel war ja höchst plastisch.«

Das ist gut! Nun ist es uns nicht mehr möglich, weiter miteinander zu sprechen. Aber wir werden bald noch einmal die Gelegenheit bekommen. Das wird dann unser letztes Gespräch werden. Überlege dir also gut, was du noch an Fragen auf dem Herzen hast!

Gott befohlen, geliebter Johann! Es sprach zu dir aus der geistigen Welt: dein Schutzengel.

»Gott befohlen, geliebter Engel! Habe meinen herzwarmen Dank! Ich freue mich schon sehr auf unser letztes Gespräch.«

* * * * * * * * * * * * * * * * * *

Auch bei diesem Gespräch war es wieder so, dass keine Zeit vergangen ist, obwohl ich das Gefühl hatte, als hätte es mindestens eine halbe Stunde gedauert.

Ich bewegte Angelos Worte noch lange in meinem Herzen.

Ich war mir ziemlich sicher, dass sich mein Schutzengel erst am übernächsten Tag, dem Dreikönigstag, wieder melden würde.

Und so geschah es dann auch:

* * * * * * * * * * * * * * * * * * * *

Gott zum Gruße, geliebte Seele! Es ist heute noch einmal die Zeit, miteinander reden zu können. Es wird unser letztes Gespräch werden. Ich freue mich auf deine Fragen. Natürlich kenne ich sie schon. Aber wie du weißt, musst du sie stellen. Du musst sie aussprechen.

»Gott zum Gruße, geliebter Engel! Ich danke dir, dass du dich noch einmal bei mir meldest.

Es ist wirklich nicht leicht, all diejenigen Dinge, die du mir offenbart hast, *gänzlich* verstehen zu können, zumal ich zuvor noch nie etwas davon gehört habe. Aber ich glaube, dass ich den Sinn der wiederholten Erdenleben verstanden habe. Auch ist mir klar geworden, dass es ohne das Karmagesetz niemals eine wirkliche Gerechtigkeit geben könnte. Das leuchtet mir absolut ein.

Mir liegen noch so viele Fragen auf der Seele, dass ich gar nicht weiß, mit welcher ich anfangen soll.

Ich beginne einfach mit einer Einstiegsfrage: Wie ist das eigentlich mit euch Engeln? Seid ihr schon als Engel geschaffen worden oder habt ihr früher auch einmal als Menschen auf der Erde gelebt?«

Kein Wesen wird als fertiger Mensch, Engel, Erzengel, usw. geschaffen! Jedes Wesen muss sich erst zu dem entwickeln, was es eines Tages sein kann und nach dem Schöpferwillen werden soll!

Es kommt ja auch kein Erdenmensch als *Erwachsener* auf die Welt. Er wird als Säugling geboren und muss sich dann zum Kleinkind, Schulkind, Jugendlichen bis hin zum Erwachsenen entwickeln.

Ähnlich wie ein Erwachsener einmal Jugendlicher und ein Jugendlicher einmal Kind war, so waren auch wir Engel in gewisser Weise einmal Menschen.

Ich möchte allerdings nicht sagen, dass wir Engel Menschen in dem Sinne waren, wie man diesen Begriff heute versteht. Aber wir haben eine Stufe in unserer Entwicklung durchlaufen, die man als ›Menschheitsstufe‹ bezeichnen könnte. Also in einem gewissen Sinn waren auch wir in urferner Vergangenheit Menschen.

Wir haben aber zu *keinem* Zeitpunkt einen fleischlichen Leib angenommen. Mit den heutigen menschlichen Sinnesorganen hätte man uns damals ebenso wenig wahrnehmen können wie heute.

Aber diese Zeit ist schon unerdenklich lange her. Da gab es die Erde und das Sonnensystem noch nicht so, wie ihr sie heute kennt.

Diejenigen von uns, die sich damals in der richtigen, gottgewollten Weise entwickelt haben, wurden zu Beginn der heutigen Erdenära zu Engeln und können seit der Schaffung der Erdenmenschen diese als Schutzengel begleiten.

»Dann kann man bei euch auch nicht davon sprechen, dass ihr viele Erdenleben durchlaufen musstet, oder?«

Richtig! Viele Erdenleben durchlaufen bedeutet ja, dass man jedes dieser Leben mit einer Geburt beginnt und mit dem Tod beendet.

Wenn ihr geboren werdet, kleidet ihr euch in eine Art Hülle, in euren physischen Körper. Beim Tod legt ihr diesen als Leichnam ab, um euch bei eurer nächsten Geburt wieder mit einem anderen Leib zu umhüllen.

Da wir keinen solchen dichten materiellen Leib haben und auch nie einen hatten, wäre es ein Unsinn zu sagen, dass wir geboren oder sterben würden. Euer physischer Leib setzt sich ja aus mineralischen Stoffen zusammen, und etwas Mineralisches ist uns fremd. Wir können es gar nicht wahrnehmen.

Die Erfahrungen, die man durch Geburt und Tod machen kann, habt ihr uns voraus. Das haben wir nie erlebt und wir können uns nur schwer da hineinversetzen. Ähnlich wie ihr euch schwertut anzuerkennen, dass geistige Wesen ohne einen physischen Leib existieren können, fällt es uns nicht ganz leicht nachzuvollziehen, wie es sich in einer solchen Hülle lebt und vor allem wie es ist, wenn man stirbt.

Der Christus ist das einzige göttlich-geistige Wesen, das freiwillig und aus reinster Liebe zu den Menschen und der gesamten Schöpfung das Schicksal auf sich genommen hat, auf die Erde hinabzusteigen, einen menschlichen Leib zu tragen und durch den irdischen Tod zu gehen. Hätte Er nicht den Tod besiegt, so wäre die gesamte Menschheit früher oder später zugrunde gegangen. Das gesamte Entwicklungsprojekt wäre gescheitert.

»Haben auch die Engelwesen der höheren Stufen einmal die Menschheitsstufe durchlaufen müssen?«

Ja, natürlich! Nehmen wir einen Erzengel: Dieser stand vor langer Zeit auf der Stufe, auf der wir Engel heute stehen. Vor noch längerer Zeit stand er auf der Stufe, auf der ihr heute steht. Für die Engelwesen der noch höheren Reiche, von denen ich dir ja bereits geschildert habe, gilt das ganz analog. Also selbst die unfassbar erhabenen Seraphim haben sich über Äonen zu dem entwickeln müssen, was sie heute sind.

»Werden die Menschen dann in ferner Zukunft auf der Engelstufe stehen?«

Selbstverständlich! In vielen Religionen bezeichnet man euch berechtigterweise als »Kinder Gottes«. Was sollen Kinder Gottes eines fernen Tages werden?

»Sie bleiben doch immer seine Kinder!«

In gewisser Weise schon. Schließlich bleibt ja ein Sohn auch dann noch Sohn seiner Eltern, wenn er schon längst erwachsen ist.

Aber nimm die Bezeichnung einmal ganz wörtlich! Was sollen Löwenkinder, was sollen Affenkinder, was sollen Menschenkinder werden?

»Die einen Löwen, die anderen Affen und Menschenkinder Menschen!«

Genau! Was sollen also Kinder Gottes bzw. Gotteskinder werden?

»Götter?«

Ja, natürlich! Wie du im 10. Kapitel des Johannes-Evangeliums nachlesen kannst, hat auch Christus gesagt: *»Ihr seid Götter!«* Damit meinte er natürlich nicht, dass die Menschen schon ›fertige‹ Götter seien. Aber ihr habt das Potential, Götter werden zu können. Es ist eure heilige Pflicht, euch so zu entwickeln, dass ihr eines Tages auch Götter werdet, so wie man die Engelwesen heute schon als Götter bezeichnen könnte. So wie ein erwachsener Mensch immer Kind seiner Eltern bleibt, bleiben natürlich auch Götter immer Kinder Gottes.

Das ist das Ziel der Schöpfung. In fernster Zukunft werdet ihr auf der Stufe stehen, auf der wir heute stehen. Ihr werdet dann in gewisser Weise Engel sein. Wir werden dann auf der Stufe der heutigen Erzengel stehen.

»Verstehe ich das richtig, dass sich alle Wesen noch weiter, noch höher entwickeln müssen?«

Richtig! »Entwicklung« heißt das Zauberwort. Das ist es, worum es im gesamten Kosmos geht! Alle Welten und Wesen befinden sich in einem permanenten Entwicklungsprozess. Diese Entwicklung im Weltensein wird niemals aufhören! Sie schreitet immer weiter fort. Es gibt keinen Stillstand!

»Ist diese Entwicklung auch der Grund, dass wir Menschen so oft auf die Erde kommen?«

Ja, genau! Wenn man diesen Entwicklungsgedanken ernst nimmt, wäre es geradezu absurd zu glauben, dass *ein einziges* Erdenleben ausreichend sein könnte, damit ihr Menschen Götter werden könnt. Wenn du dich unter deinen Mitmenschen umschaust, wirst du leicht erkennen, wie weit ihr noch davon entfernt seid, Götter zu sein!

»Du hast einmal gesagt, dass der Inkarnationskreislauf in urferner Vergangenheit seinen Anfang genommen hat und erst in fernster Zukunft enden wird. Kannst du das noch etwas genauer schildern?«

Im Grunde steht das alles in der Bibel, ganz am Anfang und ganz am Ende, im ersten Buch und im letzten Buch der Heiligen Schrift. Du musst sie nur richtig lesen und verstehen!

»Da musst du mir jetzt helfen!«

Womit beginnt die Bibel?

»Mit der Schöpfungsgeschichte!«

Genau! Und womit endet sie?

»Ich meine, sie endet mit der Geheimen Offenbarung des Johannes, mit der sogenannten ›Apokalypse‹.«

Richtig! In der Schöpfungsgeschichte wird ja beispielsweise berichtet, dass die ›Elohim‹, wie es im hebräischen Original heißt, den Erdenmenschen geschaffen haben. Diese Elohim waren keine anderen als die Engelwesen, die auf der vierten Stufe stehen, also die sogenannten ›Gewalten‹. Luther hat den Begriff sehr unglücklich mit ›Gott‹ übersetzt, obwohl ›Elohim‹ ein Plural ist und mit ›Götter‹ übersetzt werden müsste. Auch die meisten späteren Bibelübersetzer haben das von ihm übernommen. Sie haben es mehr oder weniger gedankenlos von ihm abgeschrieben. Dadurch kam es zu der Ansicht, dass Gott sozusagen *persönlich* und *allein* die Welt und die Menschen erschaffen hätte.

Dass das ein Irrtum ist, habe ich dir ja schon erläutert. Übrigens, die Führer der Elohim waren Jahve und Christus.

»Sahen die ersten Menschen schon so aus wie wir heute?«

Nein, sie sahen noch völlig anders aus. Sie hatten noch keinen dichten mineralischen Leib. Diese Leiblichkeit des Menschen, diese stoffliche Hülle, musste erst so gestaltet werden, dass sie eines Tages fähig werden konnte, den geistigen Wesenskern des Menschen aufzunehmen, den man auch als »göttlichen Funken« bezeichnen könnte. Dieser geistige Wesenskern ist euer Ich, das von Inkarnation zu Inkarnation schreitet.

Während ihr euch in jedem Erdenleben mit einer anderen körperlichen Hülle umkleidet und so zu einer jeweils anderen Persönlichkeit werdet, bleibt euer Ich immer dasselbe. Es ist eure unsterbliche, ewige Individualität.

»In der Bibel steht, dass die ersten Menschen im Paradies lebten. Was kann ich mir darunter vorstellen?«

Das Paradies war nicht auf der Erde, wie viele glauben. Es war zwar ein erdnaher, aber ein noch mehr geistiger Bezirk.

»Dann sind die Menschen ja aus dem Paradies vertrieben worden. Das war ja sehr schlimm, oder?«

Nicht unbedingt! Als ihr vor Urzeiten noch im Paradies weiltet, ruhtet ihr noch gewissermaßen wie unmündige Kinder im göttlichen Schoß. Ihr hattet noch keine Erkenntniskräfte und keinen freien Willen. Ihr wärt gar nicht in der Lage gewesen, gegen den göttlichen Willen zu handeln.

Das durfte aber nicht für alle Zeiten so bleiben! Es war ja von Anfang an das Ziel, das die Götter mit eurer Schöpfung verbanden, dass ihr euch über einen sehr langen Zeitraum zu Göttern, zu ihrer selbst bewussten, freien, schaffenden Wesen entwickeln sollt.

Es ist eine große kosmische Gesetzmäßigkeit, dass jedes Wesen zunächst aus der Fülle und Gnade höherer

Wesenheiten empfängt und schöpft, um dann sehr viel später selbst schaffend tätig werden zu können.

»Soweit ich mich erinnere, war es ja der Teufel, der durch die Schlange repräsentiert wurde, der Adam und Eva verführt hat, was letztlich dazu führte, dass sie aus dem Paradies vertrieben wurden. Sehe ich das richtig?«

Ja! Der ursprüngliche Plan der Weltenlenker sah vor, dass die Menschen erst viel später mit diesem Entwicklungsprozess beginnen sollten. Erst zu einem späteren Zeitpunkt sollten sie ihre Selbständigkeit und ihre Erkenntniskräfte gewinnen.

Und jetzt sind wir erstmals bei dem Thema ›Teufel‹. Der Teufel, der in der Gestalt der Schlange Eva dazu verführt hatte, einen Apfel vom Baum der Erkenntnis zu essen – wie es Moses in der Schöpfungsgeschichte bildhaft formuliert hat –, ist Luzifer. Wie du in der Genesis nachlesen kannst, war er es, der den Menschen einsäuselte: *»Gott weiß: An dem Tage, an dem ihr davon esset, werden eure Augen aufgetan, und ihr werdet sein wie Gott und wissen, was gut und böse ist.«*
Luzifer wusste natürlich, dass es das Ziel der Menschen ist, eines Tages Götter werden zu können. Sein Bestreben war es, dass die Menschen viel zu verfrüht zu ihrer Freiheit finden und ihre Erkenntniskräfte erwerben sollten. Der Mensch war zu diesem Zeitpunkt noch nicht reif, diese Kräfte auszubilden. Das war ihm von den Schöpfermächten erst zu einem viel späteren Zeitpunkt vorbestimmt. Viel zu früh begann er also durch die Verführung Luzifers mit diesem Prozess. Das ist das, was häufig als »Sündenfall« bezeichnet wird.

Nun mussten die Urmenschen erstmals auf die Erde. Jetzt nahm eure Entwicklung eine andere Richtung als die, welche ursprünglich für euch vorgesehen war. Die Menschen nahmen erstmals einen dichten, mineralischen Leib an, der allerdings noch völlig anders gestaltet war als euer heutiger Leib. Die Körper, in die ihr euch heute bei eurer Zeugung einkleidet, haben sich über sehr, sehr lange Zeiträume entwickelt und werden sich immer weiter entwickeln. Die Leiber, welche die ersten Erdenmenschen trugen, sahen noch gänzlich anders aus und hatten eine ganz andere Substantialität.

Durch die Verheißung, so sein zu können wie Gott, wurden der Hochmut und der Egoismus angefacht, und der Mensch wurde in die Begierden und Leidenschaften verstrickt.

Geburt, Schmerzen, Leid und Tod traten nun erstmals in seine Erfahrungswelt. Von nun an konnten die Menschen dem Irrtum anheimfallen und gänzlich von der Wahrheit abirren.

Der Inkarnationskreislauf nahm seinen Anfang.

»War das dann der Zeitpunkt, ab dem ihr Engel uns zur Seite gestellt wurdet?«

Genau! Allein wäret ihr mit der völlig neuen Situation nicht zurechtgekommen. In den ersten Jahrtausenden war es noch eine ganz normale menschliche Fähigkeit, hellsehen zu können. Ihr konntet uns also genauso wahrnehmen wie ihr eure Mitmenschen hören und sehen konntet. Ihr wart noch darauf angewiesen, von uns ganz straff geführt zu werden.

Wie ich dir schon erklärt habe, musste euch diese Fähigkeit genommen werden, damit ihr selbständig werden konntet. Wir mussten uns mehr und mehr von euch zurückziehen.

»Was steht nun genau in der Apokalypse über das Ende unserer irdischen Pilgerschaft, über das Ende des Inkarnationskreislaufs?«

Johannes schreibt – wie du gern nachlesen kannst: »*Dann sah ich einen neuen Himmel und eine neue Erde; denn der erste Himmel und die erste Erde sind vergangen.*«

Das ist für euch schwer zu verstehen. Die meisten Theologen und Bibelforscher verstehen es nicht.

»Kannst du es mir bitte erklären?«

Ich will es versuchen, aber es ist für euch Menschen nicht leicht zu verstehen.

Also, dir ist ja klar, dass es euer Sonnensystem mit der Erde nicht schon immer gegeben hat und nicht immer geben wird. Das weiß jeder vernünftige Mensch.

Was aber kaum jemandem bekannt ist und was ich dir schon einmal kurz angedeutet habe, ist die Tatsache, dass auch die Erde mit dem gesamten Sonnensystem dem Gesetz der Reinkarnation unterliegt. Man kann auch hier durchaus von einer Wiederverkörperung sprechen.

Es ist ein sehr kompliziertes Thema, und ich kann es hier nur in aller Kürze skizzieren.

Die letzte Verkörperung der Erde wird von Eingeweihten als »alter Mond« bezeichnet, was aber mit dem heutigen Mond nicht viel zu tun hat. Der alte Mond war völlig anders als die heutige Erde. Es gab noch keine dichten, materiellen Stoffe, noch keinen festen Erdboden. Das dichteste Element war das Wässrige. Auf diesem alten Mond haben wir unsere Menschheitsstufe durchlaufen. Die heutigen Erzengel waren damals auf der Stufe, auf der wir heute stehen. Natürlich hat es auch noch frühere Inkarnationen der Erde gegeben; aber das ist jetzt nicht wichtig.

Als der alte Mond zugrunde ging, gab es für lange Zeit nichts Physisches. Es kam zu einem sogenannten »Weltenschlaf«. Während dieser Zeit spielte sich alles Leben nur im Geistigen ab.

Wenn eines fernen Tages das jetzige planetarische System zugrunde geht, tritt wieder ein Weltenschlaf ein. Geraume Zeit danach kommt es zur nächsten Verkörperung der Erde, die natürlich längst nicht die letzte sein wird. Schließlich hört die Entwicklung niemals auf. Sie geht immer weiter.

Diese neue Erde ist nichts anderes als das, was Johannes in der Geheimen Offenbarung meinte und als »neues Jerusalem« bezeichnete. Die Bibelforscher glauben, dass unter diesem Begriff ein Bezirk in der geistigen Welt zu verstehen sei. Aber das entspricht nicht den Tatsachen. Wirklich gemeint ist damit die nächste Verkörperung der Erde. Die Eingeweihten nennen diese neue Erde »Jupiter«.

Auch dieser Begriff hat wenig bis gar nichts mit dem heutigen gleichnamigen Planeten zu tun.

Die Notwendigkeit, dass ihr euch als Erdenmenschen inkarnieren müsst, begann zu Beginn der Entwicklung der *heutigen* Erde durch die Vertreibung aus dem Paradies, und sie endet mit dem Untergang der heutigen Erde.

Auf der Jupitererde werdet ihr, sofern ihr euer Entwicklungsziel erreicht haben solltet, keinen materiellen, sterblichen Leib mehr tragen. Dann werdet ihr in einem viel geistigeren Zustand sein und auf der Stufe stehen, auf der wir bereits heute sind.

»Werden wir dann Engel und ihr Erzengel sein?«

Ja, das kann man in gewisser Weise schon so sagen. Es ist das Ziel der Weltenlenker! Das sieht der göttliche Weltenplan vor.

Du darfst aber nicht glauben, dass ihr dann *genau* solche Wesen seid, wie wir sie heute sind. Auch eure Aufgaben werden nicht die gleichen sein. Im Weltensein gibt es nicht nur niemals Stillstand, sondern es gibt auch niemals Wiederholungen! Es wäre also richtiger zu sagen, dass ihr auf dem Jupiter auf der Stufe stehen werdet, die mit der von uns heutigen Engeln vergleichbar ist. Wir stehen dann auf der Stufe, die man mit der vergleichen könnte, auf der die Erzengel schon jetzt sind. Aber die Engel auf dem alten Mond – also die heutigen Erzengel –, die jetzigen Engel und die Engel auf dem Jupiter – also ihr Menschen – sind nur insofern mit einem gemeinsamen Namen zu bezeichnen, als sie auf der gleichen Stufe ihrer Entwicklung stehen.

Entwicklung bzw. geistig-seelische Evolution hat immer ganz wesentlich mit »Bewusstsein« zu tun. Je höher die Entwicklungsstufe eines Wesens ist, desto größer, klarer und umfassender ist sein Bewusstsein, desto mehr kann er damit umspannen und überschauen. Anstelle von »Entwicklungsstufe« könnte man auch von »Bewusstseinsstufe« sprechen. Das ist eigentlich das Gleiche. Je höher das Bewusstsein eines Wesens ist, desto mächtiger ist es, desto umfassender ist sein Wirkungsspektrum. Das Bewusstsein, das die Seraphim haben, ist unvergleichlich viel höher als das der Engel oder gar der Menschen. Aber selbst dieses unfassbar hohe Bewusstsein, das auch für uns Engel unvorstellbar ist, ist noch immer viel, viel geringer als das des Vatergottes, des höchsten Gottes.

Somit kann man sagen, dass ihr Menschen auf dem Jupiter ein derartiges Bewusstsein haben werdet, wie wir Engel es heute schon haben.

Eine Bemerkung ist noch ganz wichtig: Es ist allerdings keine Selbstverständlichkeit, dass *alle* Menschen dieses Ziel erreichen. Geschenkt wird es euch – und auch uns – nicht! Ihr müsst es ganz gezielt und bewusst anstreben.

»Was geschieht mit den Menschen, die das Ziel nicht erreichen?«

Sie sind dann »zurückgebliebene Menschen«, Menschen, die das Menschheitsziel nicht erreicht haben.

Sie müssen dann später, während diejenigen, die das Ziel erreicht haben, ihr normales Jupiterleben antreten können, diesen Entwicklungsprozess unter extrem erschwerten Bedingungen nachholen.

»Was geschieht mit den Schutzengeln der zurückgebliebenen Menschen dann?«

Auch diese haben ihr Ziel nicht erreicht! Sie werden keine Erzengel, sondern bleiben auf der Engelstufe und müssen sich weiterhin um ihre zurückgebliebenen Menschen kümmern.

Die Menschen, die sich in der rechtmäßigen Weise entwickelt haben, brauchen ihren Engel nicht mehr. Schließlich sind sie jetzt gewissermaßen selbst Engel.

Den ›roten Faden‹, der eure Erfahrungen und Erinnerungen aus eurer gesamten inkarnations-übergreifenden Existenz zusammenhält und zu einem Ganzen verbindet, könnt ihr dann selbst in die Hand nehmen. Ihr könnt dann euren ehemaligen Schutzengel entlassen, damit dieser seine Erzengelstufe durchmachen kann.

»Was müssen wir Menschen denn machen, um uns in der richtigen Weise zu entwickeln? Vermutlich reicht es ja nicht, nur ein anständiger und frommer Mensch zu sein!«

Es ist natürlich schon wichtig, ein anständiger und frommer Mensch zu sein. Aber das reicht in der Tat bei weitem nicht aus! Dazu ist sehr viel mehr vonnöten, was ich hier nur andeuten kann, zumal jeder Mensch es letztlich selbst herausfinden muss.

Wenn du dich heute in der Welt umschaust, wirst du feststellen, dass die weitaus meisten Menschen noch nicht auf dem richtigen Weg sind!

Menschen führen immer noch schreckliche Kriege, misshandeln andere Menschen und Tiere, sehen darüber hinweg, dass Millionen ihrer Brüder und Schwestern in Not und Elend leben. Machtgier, Hass, Lug und Trug regieren die Welt!

Auch wenn jeder Mensch noch viele Erdenleben vor sich hat, so wäre es fatal zu glauben, dass er noch genug Zeit hätte, etwas besser zu machen. Es ist schwierig, etwas in einem folgenden Leben nachzuholen, was man schon in diesem in Angriff nehmen könnte und sollte!

Die Wurzel allen Übels ist der heute in vielen Teilen der Welt vorherrschende Materialismus. Diese Ideologie ist wie ein Krebsgeschwür am Organismus der Menschheit.

»Was verstehst du unter ›Materialismus‹?«

Das ist eine Weltanschauung, eine Ideologie, die für jemanden, der die Verhältnisse überschauen kann, zwar völlig absurd, aber dennoch sehr gefährlich ist!

Ein Mensch, welcher der materialistischen Weltanschauung verfallen ist, glaubt nur an die Materie. Er hält nur das für existent, was er mit seinen Sinnen wahrnehmen und was er mit seinem an das physische Gehirn gebundenen Verstand untersuchen und erforschen kann.

Ein Materialist streitet die Existenz alles Geistigen ab. Er hält eine geistige Welt, Gott, Engel, ein Leben nach dem Tod usw. für ein Hirngespinst, für reines Wunschdenken.

Fatalerweise sind die meisten eurer anerkannten und hochrangigen Wissenschaftler Materialisten. Da viele von euch solchen Zeitgenossen, die ja in einem gewissen Sinne sehr gebildet und klug sind, Glauben schenken, tun sich immer mehr Menschen schwer, ihr religiöses und spirituelles Weltbild aufrechtzuerhalten oder gar ein solches erst zu gewinnen.

Es ist in erster Linie einmal der Materialismus, den ihr überwinden, den ihr als eine große Verirrung der Menschheitsgeschichte hinter euch lassen müsst!

Dazu ist es notwendig, dass ihr euch nach Kräften bemüht, geistige Erkenntnisse zu erwerben. Nur so kommt ihr aus der Zwickmühle heraus, die auf der einen Seite durch den Materialismus und auf der anderen durch den heute nicht mehr zeitgemäßen Dogmatismus, der in einigen Religionen herrscht, gebildet wird.

Also, es ist sehr wichtig, dass jeder Mensch sich selbst mit ringender Seele bemüht, ein Wissen über göttlich-geistige Tatsachen zu erwerben. Nur so können die beiden Extreme – der Materialismus auf der einen und der blinde, naive Glaube auf der anderen Seite – überwunden werden.

»Ich war immer der Meinung, dass es ausreicht, wenn man das glaubt, was die Kirchen lehren. Aber das scheint – wenn ich dich richtig verstanden habe – ja nicht so zu sein, zumal ich dann auch nie etwas über die Reinkarnation gehört hätte.

Wie können wir Menschen uns nun ein solches Wissen erwerben? Was sind die richtigen Quellen? Es wird ja schließlich nicht jedem Menschen so wie mir die Gnade erwiesen, von seinem Engel unterrichtet zu werden. Auch ich spüre den tiefen Wunsch, *noch mehr* über all diese Dinge zu erfahren.«

Wie ich dir bereits geschildert habe, mussten wir uns vor langer Zeit immer mehr von euch zurückziehen. Wir durften euch nicht mehr so streng führen wie es in viel früheren Zeiten notwendig war. Ihr *musstet* nach und nach die Fähigkeit verlieren, uns unmittelbar wahrnehmen zu können, damit ihr zu eurer Freiheit finden könnt.

Gewissermaßen als Ausgleich wurden von der geistigen Welt immer wieder sehr hoch entwickelte menschliche Individualitäten, große Meister auf die Erde geschickt, die euch anleiten konnten.

Das, was diese großen Lehrer und Führer der Menschheit gesagt und geschrieben haben, kann heute jeder nachlesen, wenn er es wirklich will.

»Welche Menschen waren das? Welche Bücher sind das? Wie finde ich diese Bücher?«

Eines dieser Bücher kennst du! Es ist die Heilige Schrift, die Bibel. Es ist im Grunde sogar das wichtigste Buch. Allerdings ist die Bibel für einen heutigen Menschen sehr schwer zu verstehen.

Was die anderen Bücher angeht, von denen es sehr, sehr viele gibt, so darf ich dir dazu nichts Näheres sagen. Jeder Mensch muss sie selbst finden. Auch du wirst sie finden, sofern du dich ernsthaft darum bemühst!

»Sind das unsere wichtigsten Aufgaben, geistige Erkenntnisse zu erwerben und den Materialismus zu überwinden?«

Es sind in der Tat sehr wichtige Aufgaben, absolut notwendige Aufgaben, die sich gegenseitig bedingen: Den Materialismus könnt ihr nur überwinden, wenn ihr euch geistige Erkenntnisse erworben habt. Das ist die Voraussetzung.

Aber eines ist noch wichtiger! Es gibt ein höchstes Gebot, das euch gegeben wurde. Dieses hat der Christus euch offenbart: »*Liebet euren Nächsten wie euch selbst!*«.

Das Menschheitsziel kann nicht erreicht werden, bevor eine allgemeine Bruderliebe den ganzen Erdkreis umspannt. Kein Mensch darf ein persönliches Wohlergehen oder Glück auf Kosten anderer erfahren. Ihr müsst euch dazu aufschwingen, in jedem anderen Menschen den göttlichen Funken, ja einen werdenden Gott zu sehen, unabhängig davon, welcher Rasse, Religion oder Nationalität dieser angehört.

»Einen Menschen zu lieben, der mir sympathisch ist, den ich mag und der mich liebt, ist ja nicht schwierig. Aber auch solche Menschen zu lieben, die ich überhaupt nicht mag, ist gewiss nicht einfach.«

Das mag bei euch Menschen schon so sein. Aber es ist erforderlich! Jeder von euch gehört der gleichen großen Menschheitsfamilie an. In jedem steckt der gleiche göttliche Funke. In jedem von euch kann der Christus wirken, wenn ihr Ihn darum bittet! Der Christus ist im Übrigen *kein* konfessioneller Gott, der etwa nur für die Mitglieder einer christlichen Kirche da wäre. Vielmehr ist er für *alle* Menschen gekommen und gestorben. So wie jeder Mensch seinen Schutzengel hat, ist und wirkt der Christus in *jedem* Menschen.

Jeder von euch – auch der scheinbar geringste, auch der vermeintlich übelste, schlechteste und böseste Mensch – ist ein werdender Gott.

Wenn du dir das immer voll bewusst machst, ist es vielleicht nicht ganz so schwierig, auch einen Mitmenschen zu lieben, der dir nicht sympathisch ist.

»Wie schaut das dann mit Menschen aus, die mir feindlich gesinnt sind, die mir auf die eine oder andere Art übel mitspielen, die mir Schaden zufügen wollen?«

Auch eure Feinde sollt ihr lieben – ja, gerade eure Feinde sollt ihr lieben!

Ihr Menschen seid ja äußerst kurzsichtig – um nicht zu sagen blind! Ihr haltet nur dasjenige für erstrebenswert, was euch als angenehm erscheint, was euch in irgendeiner Art Freude bereitet oder einen Vorteil bringt. Wenn es euch permanent wohlerginge oder wenn ihr gar häufig dem Müßiggang frönen würdet, kämt ihr nicht weiter. Aber gerade diejenigen Erfahrungen, die ihr als leid- und schmerzvoll empfindet, bringen euch in eurer Entwicklung wirklich voran! Sie werden ihre Früchte in der Zukunft tragen.

Alles Leid und alles Unerfreuliche, auch dasjenige, das ihr durch eure Gegner, durch eure Feinde erfahrt, macht euch reifer. Diese Erfahrungen benötigt ihr! Ihr habt euch das im Vorgeburtlichen sogar gewissermaßen ausgesucht.

Also, wenn es dir schwerfällt, deine Feinde zu lieben, so solltest du ihnen wenigstens dankbar sein, dass sie dich fördern – wenngleich das im Normalfall weder dir noch ihnen bewusst ist!

»Vieles von dem, was du gesagt hast, leuchtet mir ein. Aber es erscheint mir doch recht schwierig zu sein, das Menschheitsziel zu erreichen, selbst wenn ich davon ausgehe, dass wir noch viele Erdenleben Zeit haben.«

Ja, es ist schwierig! Sehr schwierig sogar! Aber das darf euch nicht entmutigen. Ihr solltet es vielmehr als eure inkarnationsübergreifende Aufgabe, als eine große Herausforderung, als eine riesengroße Chance auffassen.

Und denkt immer daran: Ihr seid nicht allein! Wir sind immer bei euch. Es ist auch unser größtes Bestreben, dass ihr euer – und wir damit unser – Ziel erreichen.

»Woran liegt es letztlich, dass es so schwierig ist, das Ziel der Menschheitsentwicklung zu erreichen?«

Jetzt müssen wir doch noch näher auf die Teufel zu sprechen kommen.

»Habe ich dich richtig verstanden? Hast du von *mehreren* Teufeln gesprochen?«

Genauso wie die meisten Menschen heute eine völlig falsche Vorstellung von Gott haben, haben sie auch eine völlig unzureichende vom Teufel.

Und du hast richtig gehört: Es gibt zwei solcher Wesen, die ich als »Widersacher« bezeichnen möchte.

Über den ersten habe ich schon gesprochen, es ist Luzifer. Der andere wird von alters her in vielen okkulten Traditionen »Ahriman« genannt. Manche nennen ihn »Satan«.

Luzifer war vor urferner Zeit unser Bruder. Er hat sich dann aber aus dem rechtmäßigen Entwicklungsstrom gelöst, so dass man ihn jetzt als einen zurückgebliebenen Engel bezeichnen könnte. Ahriman ist ein zurückgebliebener Erzengel. Also Ahriman hat sich schon deutlich früher aus der ursprünglich angedachten Entwicklung gelöst. Daher ist er auch noch viel mächtiger und gefährlicher als Luzifer.

»Das muss ich erst verdauen! Ich fand es immer schon sehr schlimm, dass es überhaupt einen Teufel gibt. Aber wenn es sogar zwei solcher bösen Wesen gibt, ist das doch noch viel schlimmer. Das ist ja ganz furchtbar!«

Zunächst einmal müsst ihr euch langsam von dem lösen, was die meisten Religionen seit Jahrhunderten lehren. Wenn es um das Thema »das Böse« geht, so gehen viele von einer Dualität aus. Sie glauben, auf der einen Seite stehe das Gute, das durch Gott repräsentiert werde, und auf der anderen das Böse, dessen Repräsentant der Teufel oder Satan sei.

Wenn ihr diese falsche Zweiheit zugrunde legt, könnt ihr das Wesen des Bösen niemals verstehen!

Man muss vielmehr von einer Dreiheit, von einer Trinität ausgehen: Es gibt zwei Pole des Bösen. Man könnte auch von zwei Waagschalen sprechen. Der eine Pol wird von Luzifer, der andere von Ahriman vertreten. Jeder von ihnen hat das Bestreben, die Menschen dazu zu verführen, sich auf seine Seite bzw. Waagschale zu schlagen. Es ist die Aufgabe eines jeden von euch, sich nicht zu sehr auf eine der beiden Seiten ziehen zu lassen. Ihr müsst stets bemüht sein, die ›goldene Mitte‹ zu erreichen und zu halten. Diese Mitte wird von keinem geringeren als Christus, dem Sohn Gottes, repräsentiert. Der Christus versöhnt die beiden extremen Pole des Bösen. Ihm solltet ihr folgen.

In gewisser Weise ist es im Übrigen nicht ganz passend, die beiden Teufel, also Luzifer und Ahriman, als »böse« Wesen zu bezeichnen.

Solltest du einmal Goethes »Faust« lesen, so wirst du dort den Ausspruch Mephistopheles' finden: *»Ich bin ein Teil von jener Kraft, die stets das Böse will und stets das*

Gute schafft!« Dieser Satz kommt der Sache sehr, sehr nahe. Die beiden Widersacher sind ihrem Ursprung nach keine bösen Wesen. Sie wollen zwar das Böse, schaffen aber letztendlich doch das Gute. Ihr Wirken wurde von der göttlichen Weltenordnung, also letztlich von Gott zugelassen.

»Wie kann ich mir die Verführung der beiden Widersacher konkret vorstellen?«

Es geht dabei um euer Entwicklungsziel, Götter werden zu können. Beide Widersacher haben das Bestreben, das zu verhindern oder zumindest erheblich zu erschweren. Sie wollen, dass eure Entwicklung eine andere Richtung nimmt als die, welche von den guten Göttern angedacht ist.

Wie Luzifer zu Werke geht und welche Verführungskünste er einsetzt, ist ja schon zu Beginn der Erdenentwicklung im Paradies deutlich geworden.

Er will euch glauben machen, dass ihr keines unerdenklich langen Entwicklungsprozesses bedürft, um Götter werden zu können. Er will euch jetzt schon ganz ins Geistige ziehen. Dabei arbeitet er mit mancherlei schönen Illusionen und Täuschungen. Er will, dass ihr euch für besser und größer haltet, als ihr seid. Menschen, die sehr stolz und hochmütig sind, stehen oftmals auf seiner Seite. Das Gleiche gilt für Menschen, die sehr schwärmerisch sind oder starke manische Züge aufweisen oder leicht in unangemessene Euphorie verfallen. Auch Menschen, die ihre religiösen Übungen zur Erhöhung ihres Wohlgefühls betreiben, sind oftmals in seinen Fängen.

Als du nach unserem dritten Gespräch von Hochmut ergriffen wurdest und dich für auserwählt hieltst, war es Luzifer, von dem du dich verführen ließest.

Ahriman will genau das Gegenteil. Er will euch weismachen, es gäbe keine geistige Welt. Er will euch ganz fest an die Erdenwelt ketten. Dass heute die Ideologie des Materialismus die Welt beherrscht, ist ihm geschuldet. Ahriman hat eine unfassbar, sprichwörtlich ›teuflische‹ Intelligenz. Auch viele Wunderwerke der Technik sind eine Folge seiner Inspirationen. Viele der heutigen Wissenschaftler haben sich auf seine Seite geschlagen, natürlich ohne sich dessen bewusst zu sein.

Damit soll keineswegs gesagt sein, dass die Technik grundsätzlich schlecht sei. Es sind ja große intellektuelle Meisterleistungen! Schlecht ist die Technik nur dann, wenn sie falsch eingesetzt wird, wenn sie missbraucht wird, was heute tausendfach der Fall ist.

Wie schon in der Bibel steht, ist Ahriman auch der »Vater der Lüge«. Die ganzen Lügen, die heute auf allen Ebenen – in der Politik, in der Wirtschaft, in den Medien, zum Teil sogar in den Religionen und in der Wissenschaft, aber auch im privaten Umfeld – zu finden sind, gehen letztlich auf seine Einflussnahme zurück. Auch die Lüge, es gäbe keine Reinkarnation, hat er denen, die sie vertreten, eingeflößt.

»Es ist ja kaum zu glauben, dass zwei solcher Wesen so mächtig sind und so viel bewirken können!«

Die beiden sind ja nicht allein! Diejenigen Wesen, die auf dem alten Mond ihre Menschheitsstufe durchlaufen und sich in der richtigen Weise zu Engeln entwickelt haben, dienen euch jetzt als Schutzengel. Die übrigen, die sich also nicht in der rechtmäßigen Weise zu Engeln entwickelt haben, erschweren euch euer Leben. Sie gehören zu den luziferischen Wesen. Und das sind nicht gerade wenige!

Bei den ahrimanischen Wesen ist das völlig analog – nur haben diese sich schon früher aus dem Evolutionsstrom gelöst, wodurch sie noch mächtiger sind.

Es gibt also unfassbar viele Wesen, die entweder Luzifer oder Ahriman zuarbeiten!

»Wie konnte Gott nur zulassen, dass diese Wesen in der von dir skizzierten Art zu Werke gehen? Was ist der Sinn?«

Die beiden Widersacher bzw. – wenn du so willst – die beiden Teufel und ihre Gesellen haben in der Welt eine ebenso gute Berechtigung wie jeder Engel! Sie sind in gewisser Weise notwendig.

»Was? Die Teufel sind notwendig?«

Ja, durchaus! Dennoch sind sie sehr gefährlich!

»Wozu sind diese üblen Gesellen denn notwendig?«

Ich habe dir doch schon recht ausführlich dargelegt, dass die Aufgabe von euch Menschen darin besteht, euch über viele irdische Inkarnationen hinweg zu Göttern zu entwickeln.
Glaubst du, dass das ein einfacher Weg ist?

»Nein, gewiss nicht! Das ist sogar so unfassbar, dass es kaum zu glauben ist! Es ist doch wohl auch schon ohne die beiden Widersacher schwer genug. Und die erschweren uns die Aufgabe noch zusätzlich ganz gewaltig.«

Das musst du dir anders vorstellen! Ich möchte dir dazu ein einfaches und vielleicht etwas banales Beispiel geben:

Stelle dir einen Sportler vor, dessen erklärtes Ziel es ist, in seiner Sportart herausragende Leistungen zu bringen.
Wenn dieser sich nicht Tag für Tag im Training schinden und sich immer wieder stärkere Belastungen auferlegen würde, wenn er sich nicht regelrecht quälen würde, so könnte er sein Ziel gewiss niemals erreichen. Dann wird er des Öfteren von Verletzungen geplagt werden, was ihn sehr frustrieren kann. Aber auch diese haben ihren Sinn. Sie sind so etwas wie ein Korrektiv, das ihm anzeigen kann, dass er etwas falsch gemacht hat: Vielleicht hat er zu hart trainiert, vielleicht hat er zu einseitig trainiert. Nur diese ständigen Widerstände, Herausforderungen und Unannehmlichkeiten machen ihn letztlich reifer und besser.

So musst du dir das auch vorstellen, wenn es um das große Menschheitsziel geht.
Auch das könntet ihr niemals erreichen, wenn ihr nicht permanent auf Widerstände stoßen würdet, wenn ihr nicht dauernd vor der Entscheidung stündet, was richtig und was falsch ist. Ihr benötigt diese Konfrontation.

Auch der Materialismus war notwendig. Wenn ihr diesen eines Tages überwunden haben werdet, werdet ihr damit einen gewaltigen Schritt in eurer Entwicklung machen!

Wenngleich es für euch nur schwer verständlich ist, so muss doch gesagt werden, dass ihr Luzifer und Ahriman braucht! Nur dadurch, dass ihr immer wieder von ihnen herausgefordert werdet und euch nicht immer auf ihre Seite ziehen lasst, könnt ihr eure geistig-seelische Entwicklung erfolgreich durchlaufen.

Oder glaubst du etwa, Gott hätte ihr Wirken zugelassen, wenn damit nicht ein guter und tiefer Sinn verbunden wäre?

In gewisser Weise haben die Widersacher sich sogar geopfert. Sie haben darauf verzichtet, ihr reguläres Engel- oder Erzengelleben zu führen, um euch dienen zu können. Eines fernen Tages ist es eure Aufgabe, sie zu erlösen, damit sie sich wieder in den rechtmäßigen Strom der Entwicklung eingliedern können.

»Aber auch wenn die Widersacher notwendig sind, so sind sie doch für uns heute sehr gefährlich! Was können wir tun, um nicht in ihre Fänge zu geraten?«

Was ihr Bestreben ist, habe ich dir ja schon gesagt. Du kennst doch das Märchen »Rumpelstilzchen«. Wodurch hat dieses Wesen seine Macht über die Königin verloren?

»Dadurch, dass die Königin in Erfahrung bringen konnte, wie es heißt!«

Genau! Dieses Märchen ist eine schöne Allegorie für dasjenige, um das es hier geht. Natürlich reicht es nicht, die Namen der beiden Widersacher herauszufinden. Die kennst du ja jetzt schon.

Was ihr herausfinden bzw. bemerken müsst, ist, in welchen Situationen sie euch mit ihrer List und ihren Verführungskünsten beeinflussen wollen. Ihr müsst bemerken, wer von beiden euch wann und mit was am Wickel hat!

Wenn ihr das erkennt, können sie euch keinen Schaden zufügen! Die beiden Widersacher – also Luzifer und Ahriman – können für euch nur gefährlich sein, wenn ihr sie nicht erkennt, wenn ihr nicht bemerkt, mit was sie euch gerade am Haken haben.

Übrigens, in den meisten Märchen steckt eine tiefe Weisheit. Es ist bedauerlich, dass es immer mehr aus der Mode zu kommen scheint, seinen Kindern Märchen vorzulesen.

Und jetzt komme ich noch einmal auf die teuflische Intelligenz Ahrimans zurück.

Natürlich weiß auch er, dass er nur dann seine Ziele erreichen kann, wenn die Menschen ihn *nicht* erkennen. Dazu verfolgt er einen ebenso genialen wie perfiden Plan: Er brachte den Materialismus in die Welt, dem heute so viele Menschen verfallen sind!

Ein Materialist hält ja alles Geistige für einen Unsinn. Also glaubt er auch nicht an den Teufel. Wenn jemand nicht an den Teufel glaubt, wenn er meint, es gäbe ihn gar nicht, so kann er ihn auch nicht erkennen!

Somit hat Ahriman jeden Materialisten längst unter sein Sklavenjoch gestellt!

Mein geliebtes Menschenkind! Ich habe dir in den letzten Tagen und insbesondere heute viele große und tiefe göttlich-geistige Wahrheiten mitteilen dürfen, die für die meisten Menschen nur schwer zu verstehen sind, die viele sogar für Phantastereien halten.

Dir, geliebte Seele, durfte ich sie mitteilen. Du darfst von ihnen wissen. Du musst von ihnen wissen! Du kannst es verstehen, du musst es verstehen!

Die göttlich-geistige Welt hat uns beiden erlaubt, sieben Mal miteinander zu sprechen. Dafür sollten wir ihr sehr dankbar sein! Ich bin auch dir dankbar, dass du dich nicht gegen meine Kontaktaufnahme gesträubt hast.

In deinem jetzigen Leben wird es dir nicht mehr möglich sein, mich zu vernehmen. Aber du hast jetzt ein Rüstzeug, um dein Leben wieder mutvoll anzugreifen und deinen Aufgaben gerecht zu werden.

Und vergiss nie: Ich bin immer bei dir!

Es sprach aus der geistigen Welt, aus der Sphäre der Liebe, dein Schutzengel Angelo! Gott befohlen, tief geliebtes
Menschenkind!

»Mein über alles geliebter Engel, lieber Angelo! Ich werde
dich gewiss niemals vergessen! Mein Herz läuft fast über
vor Freude und Dankbarkeit! Ich danke dir und der geistigen
Welt für die unglaubliche Gnade, die mir zuteilwurde!«

* * * * * * * * * * * * * * * * * * * *

Unser letztes Gespräch war das längste und schwierigste.
Dennoch war wieder keine messbare Zeit vergangen!

In den folgenden Tagen und Wochen dachte ich sehr viel
über die Gespräche mit meinem Engel nach. Immer wieder
bewegte ich seine Worte in meiner Seele.

Viele seiner Ausführungen hatten sich so in meinem Gedächtnis festgesetzt, dass ich der Notizen, die ich mir nach
jedem Gespräch gemacht hatte, kaum bedurfte.

Ich bin ganz gewiss kein sehr gebildeter oder gar überdurch-
schnittlich intelligenter Mensch. Umso mehr war ich immer
wieder erstaunt, wie gut ich Angelos Belehrungen zu verstehen vermochte, zumal er mir Dinge offenbarte, die äußerst
komplex und für mich völlig neu waren.

Mein Engel hatte die Gabe, alles so zu erklären, dass es
mir fast unmittelbar einleuchten konnte.

Manchmal hatte ich dabei den Eindruck, als hätte ich mir
die Antworten auf meine Fragen *selbst* gegeben, als hätte
ich sie aus meinen Seelentiefen abgerufen, als hätte ich auf
ein uraltes Wissen, das zwischenzeitlich verschollen war,
zurückgegriffen.

Wann immer ich über das nachdachte, was mein Engel mir in diesen sechs Gesprächen offenbart hatte, schämte ich mich fast ein wenig dafür, wie naiv mein Weltbild vorher war.

Meine Trauer wegen des Todes meiner geliebten Frau nahm mehr und mehr ab. Mein Engel hatte mir versichert, dass alles, was geschieht, seinen Sinn hat, auch wenn wir Menschen diesen nicht immer zur Gänze verstehen können.

Ich hatte die Gewissheit, dass es den Seelen meiner Frau und meiner Tochter in der geistigen Welt gut ging und dass ich mir um sie keine Sorgen machen müsste. Oftmals hatte ich das sichere Gefühl, dass sie ganz in meiner Nähe waren. Insbesondere beglückte es mich immer wieder, wenn ich an Angelos Worte über Angela, die er als eine schon sehr reife Seele charakterisierte, dachte. Ich war mir sicher, dass sie jetzt genau so ein wachendes Auge auf mich hatte wie mein Schutzengel.

Kurz nach meinem letzten Engelgespräch suchte ich im Internet nach einem geeigneten Buch, aus dem ich weitere spirituelle Erkenntnisse gewinnen könnte. Ich gab etliche Suchbegriffe ein. Zu jedem wurde mir eine Vielzahl an Titeln angezeigt. Obwohl ich mir einige Stunden Zeit ließ, konnte ich mich für keines entscheiden.

Dann bat ich gedanklich Angelo, mir bei der Wahl zu helfen. Aber ich bekam keinen Impuls.

Am Morgen des folgenden Tages kam mir die Idee – oder war es eine Anregung meines Engels –, in die Nachbarstadt zu fahren und dort in ein Buchgeschäft zu gehen und mich beraten zu lassen.

Bevor ich mit dem Auto losfuhr, hatte ich schon ein etwas eigenartiges und mulmiges Gefühl. Etwas später wurde mir gewahr, woher das rührte.

Ich fuhr in angemessener Geschwindigkeit über eine Land-
straße. Weit und breit war kein anderes Fahrzeug zu sehen.
Die Straßen- und Witterungsverhältnisse mahnten ebenfalls
nicht zu besonderer Vorsicht. Plötzlich durchzuckte mich
ein Impuls, der mir einzugeben schien, langsamer zu fahren.
Es war weder eine Stimme noch ein diffuses Gefühl. Vielmehr war es so etwas wie ein inneres Wissen. Obwohl es
keine erkennbare Veranlassung gab, trat ich leicht auf die
Bremse. Unmittelbar danach sah ich, dass wenige Meter vor
mir ein Auto aus einem kleinen Seitenweg, den ich vorher
nicht sehen konnte, ohne auf die Vorfahrt zu achten, in die
Hauptstraße einbog, auf der ich fuhr. Hätte ich nicht leicht
gebremst, wäre ich voll mit diesem Fahrzeug kollidiert!

Ich hatte keinen Zweifel daran, dass es Angelo war, der
mir diese Eingebung schickte. Ich bedankte mich bei ihm
sehr herzlich.

Als ich dann im Buchladen angekommen war, fragte ich den
Verkäufer um Rat: »Ich suche ein seriöses Buch über spirituelle Themen. Können Sie mir eines oder mehrere empfehlen?« Der Verkäufer meinte: »Ach wissen Sie, es gibt so
viele spirituelle Bücher! Wenn Sie da keine ganz genauen
Vorstellungen haben, ist es schwierig, eine Empfehlung aus-
zusprechen. Vielleicht schauen Sie sich ja mal selbst ein wenig um. Dahinten rechts in dem großen Regal stehen Hun-
derte. Da ist bestimmt ein passendes für Sie dabei.«

Nun stand ich im Grunde wieder vor dem gleichen Problem!
Ohne genau zu wissen, was ich eigentlich suchte, schaute
ich mir ein paar Dutzend an. Fast alle hatten einen sehr an-
sprechenden Einband mit schönen Coverfotos und interessant klingenden Titeln. Allerdings hatte ich jedes Mal das
sichere Gefühl: »Das ist es nicht!«

Ich wollte schon aufgeben, als ich im untersten Fach ein
recht dickes Taschenbuch wahrnahm. Im Vergleich zu den
anderen wirkte es recht unscheinbar. Auch das Cover war
nicht sehr ansprechend. Dennoch konnte ich nicht anders,

als es mir näher anzuschauen. Es trug den Titel »Die Geheimwissenschaft im Umriss« von Dr. Rudolf Steiner. Ohne das Buch lange prüfen zu müssen, verspürte ich eine tiefe innere Gewissheit, das gefunden zu haben, wonach ich suchte. Ich war mir ganz sicher, dass Angelo meine Schritte zu dem Buchladen gelenkt und meine Blicke auf dieses Buch gerichtet hatte, wofür ich ihm sehr dankte.

Auf der Heimfahrt kam mir der Gedanke: »Vielleicht war es Ahriman, der mich in den Unfall verwickeln wollte, damit ich nicht dieses Buch kaufe. Aber er hat die Rechnung ohne meinen Engel gemacht!«

In den nächsten Tagen las, nein studierte ich es.

Vieles, was mein Engel mich in kompakter Form lehrte, fand ich in diesem Buch in sehr ausführlicher Weise wieder.

Ich weiß nicht, ob ich den Inhalt dieses Werkes auch so gut verstanden hätte, wenn mein Engel mich nicht schon darüber gelehrt hätte. Die Art, wie er sprach und was er sagte, drangen sofort in mein Herz. Ich musste es mir nicht selbst mühsam erarbeiten.

Seitdem kaufe und lese ich immer wieder einmal ein Buch von Rudolf Steiner. Auch wenn es gewiss keine leichte Kost ist, sind die daraus zu gewinnenden Erkenntnisse göttlich-geistiger Wahrheiten alle Bemühungen wert.

Eines war mir nun aber völlig klar: Mein Engel hat mich ja nicht ohne Grund davon abgehalten, meinen Plan, mir das Leben zu nehmen, in die Tat umzusetzen.

Ich musste einiges in meinem Leben ändern. Ich musste ihm vielleicht sogar eine ganz andere Richtung geben.

Natürlich konnte und wollte ich mein Leben nicht von einem Tag auf den anderen völlig umkrempeln. Es waren eher die kleinen Dinge, die ich zu verändern begann.

So war ich von nun an immer bestrebt, vor dem Besuch der Heiligen Messe die richtige Stimmung in mir hervorzurufen. Dann betete ich viel regelmäßiger als in den letzten Jahren. Insbesondere das Vaterunser sprach ich mindestens einmal am Tag, und zwar nicht mehr so gedankenlos, wie ich das früher meistens getan hatte.

Vor dem Schlafengehen bewegte ich spirituelle Gedanken und bedankte mich bei meinem Engel. Ich schlief jetzt immer mit der freudigen Erwartung, ihm und meinen lieben Verstorbenen in der Nacht zu begegnen, ein. Ich stellte mir vor, wie die Schwingen meines Engels während der Nacht meine Seele berührten.

Oftmals, wenn ich mit dem Auto irgendwo hinfuhr, legte ich mir die Frage vor: »Was wäre wohl passiert, wenn ich fünf Minuten früher oder später losgefahren wäre?«

Wann immer ich in der Folgezeit mit einem Mitmenschen zusammenkam, der mich nervte oder provozierte, bemühte ich mich, Angelos Worte zu beherzigen: »Jeder Mensch ist ein werdender Gott!« Wenn man sich das wirklich ganz klarmacht, ist es viel leichter, gelassen zu bleiben und nicht mit gleicher Münze zurückzuzahlen. Allerdings gelang mir das nicht immer.

Auch stellte ich mir in vielen Situationen die Frage: »Welcher der beiden Widersacher will mich da gerade am Kragen packen?« Natürlich ist es nicht ganz einfach, das zu erkennen, aber es ist sehr wichtig, sich darum zu bemühen. Schließlich können sie uns nur dann schaden, wenn wir nicht von ihnen wissen und sie nicht erkennen, wie Angelo mich lehrte.

Zwei Themen, die Angelo angesprochen hatte, ließen mir allerdings keine Ruhe:

Das war zum einen die wichtige Verabredung, die ich gemäß seinen Worten für dieses Leben getroffen hatte und die ich auf keinen Fall versäumen durfte. Zum anderen war das meine Lebensaufgabe. Immer wieder fragte ich mich: »Wie kann diese wohl aussehen? Was habe ich mir da vor meiner Geburt in der geistigen Welt nur vorgenommen?«

Irgendwie war ich mir sicher, diese noch nicht erkannt oder gar ergriffen zu haben.

Meine Begeisterung für meinen Beruf nahm in den folgenden Monaten mehr und mehr ab.

Holzspielzeug und Weihnachtsschmuck fertigte ich jetzt gar nicht mehr an, zumal ich nach Magdalenas Tod keinen mehr hatte, der es schön anmalen und mir beim Verkauf helfen konnte. Ich beschränkte mich wieder auf das Restaurieren von Möbelstücken, die mir die Kundschaft brachte. Das wenige Geld, das ich dadurch einnahm, reichte aber aus, um ganz gut über die Runden zu kommen.

In dieser Zeit hatte ich sehr häufig Träume, die im Prinzip immer sehr ähnlich waren:

Ich sah mich in diesen Träumen an einem Ort, der mir fremd war. Um mich herum scharten sich viele mir nicht bekannte Kinder, Jungen und Mädchen im Vorschulalter. Sie schauten mich traurig an und schienen etwas von mir zu wollen. Ich konnte allerdings nicht verstehen, was sie wollten. In einem dieser Träume sah ich auch meine verstorbene Tochter. Sie stand in einiger Entfernung und schien mich aufzufordern, etwas zu unternehmen. Ich fühlte mich ziemlich hilflos, weil ich einfach nicht wusste, was von mir erwartet wurde.

Nach dem Aufwachen musste ich immer daran denken, dass Angelo mir erzählt hatte, dass er mir auch durch meine Träume etwas mitteilen könne. Allerdings konnte ich mir beim besten Willen keinen Reim darauf machen, was diese Träume zu bedeuten hatten. Sollte mir wirklich mein Engel diese Träume geschickt haben, so kam die Botschaft nicht bei mir an. Das machte mich sehr traurig.

Knapp zwei Jahre nach den Begegnungen mit meinem Engel kam mir der Gedanke, einen mehrwöchigen Urlaub zu machen. Dass ich wieder nach Tschechien, wo ich schon mit Magdalena so häufig war, fahren würde, stand von vornherein fest. Hier wollte ich dann auch meine Sprachkenntnisse ein wenig auffrischen und vertiefen.

Ohne lange zu überlegen, entschied ich mich, nach Prag zu fahren, wo ich zuvor noch nie war. Unmittelbar nachdem ich diesen Entschluss gefasst hatte, kam mir die Frage: »War das jetzt wirklich *meine* Entscheidung oder kommt dieser Impuls von meinem Engel?«

Wie auch immer – am folgenden Tag packte ich meinen Koffer, lud ihn ins Auto und fuhr los. Gemäß Routenplaner sollte die Fahrt knapp drei Stunden dauern.

Nach etwa zwei Stunden – mein Reiseziel war noch gut fünfzig Kilometer entfernt – vernahm ich in meinem Inneren ganz unvermittelt eine deutliche Eingebung, in der nächsten Ortschaft Station zu machen.

Sofort kam mir der Gedanke: »Das war mein Engel! Das war Angelo!«

Obwohl ich mich schon sehr auf die »goldene Stadt« gefreut hatte, gab es für mich keine andere Option, als dieser Eingebung zu folgen.

Schon nach wenigen Minuten kam ich in eine Ortschaft. Es war eine Kleinstadt. Recht gedankenlos, fast automatenhaft fuhr ich zu einem Haus, das wie eine Gaststätte oder eine Pension ausschaute. Ich parkte dort mein Auto und ging in die Gaststube.

Obwohl gerade Mittagszeit war, war außer mir kein anderer Gast zugegen. Ich setzte mich an einen Tisch und wartete darauf, dass jemand kam, um mich zu fragen, was ich wünschte.

Erst nach einer gefühlten Ewigkeit kam eine Dame, die etwa zehn Jahre jünger als ich war, auf mich zu und sagte:

»Es tut mir leid, mein Herr! Die Gaststätte ist seit vorgestern geschlossen. Ich habe wohl versehentlich aus alter Gewohnheit die Tür aufgesperrt.«

Zum Glück waren meine tschechischen Sprachkenntnisse noch nicht eingerostet, so dass ich mich mit ihr nahezu fließend unterhalten konnte. Natürlich werde ich unsere Kommunikation hier in der deutschen Übersetzung wiedergeben. Die Dame war sehr attraktiv und mir gleich höchst sympathisch. Ich denke, umgekehrt war es genauso. Ansonsten hätte sie mir sicher nicht gesagt: »Wenn Sie Hunger haben, können Sie gern mit uns essen. Wir sitzen gerade zu Tisch.«

Sie führte mich ins Esszimmer ihrer Wohnung, die über der Gaststube lag. Am Tisch saßen zwei Kinder im Vorschulalter, ein Junge und ein Mädchen. Die Dame bat mich, Platz zu nehmen, und stellte mir einen Teller hin. Es gab Böhmische Knödel mit Pilzen.

Während des Essens stellten wir uns gegenseitig vor. Die Dame hieß Jana Nováková. Der Junge war ihr fünfjähriger Sohn Marek. Das Mädchen war ihre Tochter Milena. Sie war vor wenigen Tagen drei Jahre alt geworden. Es waren außerordentlich reizende und gut erzogene Kinder.

Nach dem Essen fragte mich Frau Nováková nach dem Ziel meiner Reise. Ich sagte ihr, dass ich eigentlich vorhatte nach Prag zu fahren und mich aber jetzt dazu entschlossen habe, für ein paar Tage in diesem Ort Urlaub zu machen.

Nachdem ich ihre Frage, ob ich schon eine Pension gefunden hätte, verneinte, meinte sie: »Leider habe ich unsere Pension zusammen mit der Gaststätte geschlossen. Aber wenn Sie es wünschen, könnte ich Ihnen gern in einem der Zimmer ein Bett beziehen.«

Ich war sehr erfreut und nahm das freundliche Angebot an.

Am Nachmittag lud sie mich zum Kaffee in ihre Wohnung ein. Nach dem Kaffeetrinken unterhielten wir uns noch geraume Zeit, während ihre Kinder in dem großen Garten, der das Anwesen umgab, spielten.

Obwohl wir uns vor ein paar Stunden noch gar nicht kannten, waren wir uns irgendwie schon sehr vertraut. So erzählten wir uns viel aus unserem Leben, was man normalerweise mit einem Menschen, den man erst vor so kurzer Zeit getroffen hat, kaum machen würde.

Ich erzählte ihr von meinem Beruf, meiner verstorbenen Tochter und meiner verstorbenen Frau.

Darauf sagte sie: »Ich weiß, wie schlimm es ist, wenn man seinen Ehepartner verliert. Man fühlt sich allein und hilflos. Mein Mann ist vor zwei Jahren gestorben.«

Als sie mir dann das Sterbedatum ihres Mannes nannte, konnte ich es kaum glauben: Er war am gleichen Tag gestorben wie meine Magdalena! »Das muss ein Zeichen sein!«, dachte ich.

Frau Nováková fuhr fort: »Die Großeltern meines Mannes haben hier noch eine Landwirtschaft betrieben. Sein Vater hat sie aufgegeben und die Gebäude zu einem Gasthaus mit einer kleinen Pension umgebaut. Das hat mein Mann dann nach dessen Tod übernommen. Das hat ihm sehr viel Spaß gemacht. Mir hat das nie so behagt. Ich habe im Grunde nur ihm zuliebe mitgemacht. Pensionsgäste hatten wir immer sehr wenige, und die Gastronomie lief nach seinem Tod auch nicht mehr gut. Jetzt habe ich mich endgültig dazu durchgerungen, den Pensions- und Gaststättenbetrieb zu schließen. Ich habe noch einige Rücklagen, so dass ich die nächsten ein, zwei Jahre ganz gut über die Runden kommen kann. Außerdem gehören zu dem Anwesen noch einige Felder, die jetzt verpachtet sind, und ein recht großes Waldstück. Im Notfall könnte ich das alles verkaufen.

In den nächsten Monaten werde ich mich in aller Ruhe entscheiden, wie ich mich beruflich neu orientieren möchte. Aber im Moment habe ich noch keinen Plan.«

Als es 18 Uhr schlug, schickte sich Frau Nováková an, ihre beiden Kinder ins Bett zu bringen. Vorher las sie ihnen noch eine Geschichte vor. Sie handelte von Schutzengeln und erinnerte mich an eine meiner Lieblingsgeschichten, die mir früher meine Mutter und die ich später meiner Tochter häufig vorgelesen hatte.

Nachdem die Kinder im Bett waren, bat mich meine Gastgeberin, noch ein wenig zu bleiben: »Ich habe schon so lange keinen Besuch mehr gehabt, und mit Ihnen kann man so gut reden. Aber ich will Sie auf keinen Fall aufhalten, wenn sie etwas Besseres vorhaben sollten!«
»Nein, ich danke für die Einladung und bleibe gerne! Auch ich genieße unsere Unterhaltung sehr.«

Dann schoss mir der Gedanke durch den Kopf:
»Das ist meine Verabredung, von der mein Engel sprach! Jana und ich haben uns vor unserer Inkarnation in der geistigen Welt verabredet, in diesem Leben zusammenzukommen.« Angelo hatte ja gesagt, ich werde es sofort wissen, welche Verabredung er meint, wenn es eines Tages dazu kommen werde. Jetzt wusste ich es! Ich war mir ganz sicher. Es freute mich über alle Maßen. Ja, ich war ganz glücklich!

Kurz nachdem ich diesen Gedanken hatte, sagte sie: »Haben Sie etwas dagegen, wenn wir uns duzen?« Ich war einverstanden.
Dann fuhr Jana fort: »Schon als ich dich vor ein paar Stunden erstmals sah, hatte ich so ein ganz eigenartiges Gefühl. Mir war, wie wenn da ein guter alter Bekannter zu Besuch kommt. Vermutlich findest du das verrückt, oder?«
»Nein, keineswegs! Mir ging es nicht anders. Weißt du, woran das liegen könnte?«

»Ich habe mal etwas über die Wiederverkörperung gelesen, und ich muss gestehen, dass ich daran fest glaube. Ich vermute, wir sind uns in einem früheren Leben schon einmal begegnet«, sagte sie.

»Von der Reinkarnationslehre bin ich auch felsenfest überzeugt. Ich bin mir sicher, dass wir uns aus einem unserer früheren Leben kennen und dass wir uns anschließend in der geistigen Welt vorgenommen haben, uns wieder zu treffen, weil wir gemeinsam noch etwas Wichtiges bewirken wollen. Es ist wunderbar, dass es jetzt gelungen ist. Es hat ja lange genug gedauert.«

»Ja, wunderbar! Aber ich finde, es ist jetzt genau der richtige Zeitpunkt! Hätten wir uns schon vor vielen Jahren getroffen, so wären wir ja nicht mit unseren Ehepartnern zusammengekommen. Alles, was wir mit ihnen erlebt haben, war ja auch wichtig und lag gewiss auch in unserer Lebensplanung. Außerdem hätte ich dann jetzt nicht diese wundervollen Kinder!«

Ich konnte Janas Ansicht nur bestätigen.

Es war einfach großartig, mit einem Menschen ganz unbefangen über spirituelle Themen, die mich so sehr bewegten, reden zu können. In den meisten Punkten vertraten wir die gleiche Meinung.

Allerdings erzählte ich ihr nicht von meinen Engelgesprächen. Dieses Gnadengeschenk war mir einfach zu intim, so dass ich es nur in meiner eigenen Seele bewahren wollte. Ansonsten gab es aber nichts, was ich Jana in der nächsten Zeit nicht anvertraut hätte. Selbst von meinem Vorhaben, mir das Leben zu nehmen, berichtete ich ihr.

Wir vereinbarten, dass ich noch zwei Wochen bei ihr bleiben wollte.

Am übernächsten Tag war Sonntag. Zusammen mit Jana und ihren putzigen Kindern besuchte ich die Heilige Messe. Es war das erste Mal, dass ich sie in einer anderen Sprache hörte. Obwohl ich fast alles verstehen konnte, war es doch ein ganz anderes Miterleben der Messfeier, als wenn man sie in seiner Muttersprache hört.

Als die zwei Wochen vorüber waren, fiel uns der Abschied sehr schwer. Es hatte nämlich nur ein paar Tage gedauert, bis aus der gegenseitigen Sympathie Liebe wurde. Natürlich war es keine so leidenschaftliche Liebe, wie man sie wohl nur als junger Mensch empfinden kann, bei der man Schmetterlinge im Bauch hat und bei der Gefühle und Hormone manchmal verrückt spielen. Im Grunde war es viel mehr! Es waren eine tiefe Vertrautheit, die wir empfanden, sowie das beglückende Gefühl, einen guten alten ›Weggefährten‹ getroffen zu haben.

Für die nächste Zeit verabredeten wir, uns mindestens einmal im Monat für ein paar Tage zu besuchen. Mal kam Jana mit den Kindern zu mir, meistens fuhr ich zu ihnen.

Eines Tages, als ich wieder einmal bei Jana zu Besuch war, fragte ich sie ganz direkt: »Liebe Jana, ich denke uns beiden ist klar, dass wir füreinander bestimmt sind. Es ist doch nicht schön, dass wir uns aufgrund der großen Entfernung zwischen unseren Wohnorten nur immer für ein paar Tage sehen können.«

Jana unterbrach mich lächelnd: »Ich habe schon seit längerem darauf gewartet, dass du mich fragst, ob wir nicht zusammenziehen sollten! Also, du kannst jederzeit bei mir einziehen. Es würde mich glücklich machen. Dass ich zu dir ziehe, ist keine Option. Zum einen spreche ich kein Deutsch, zum anderen haben meine Kinder hier ihre ganzen Freunde.«

Mir war von Anfang an klar, dass es keine gute Idee gewesen wäre, dass die Drei zu mir ziehen, zumal mein Haus auch viel kleiner war. Es stellte für mich überhaupt kein Problem dar, zu Jana in ihre tschechische Kleinstadt zu ziehen.

Sogleich beschlossen wir, das Projekt so schnell wie eben möglich in Angriff zu nehmen.

Schon nach wenigen Wochen gelang es mir, für den Verkauf meines Häuschens noch einen ganz ordentlichen Preis zu erzielen. So verließ ich meine Heimat für immer.

Außer meiner Kleidung und ein paar Möbelstücken, an denen mein Herz besonders hing, nahm ich nur meine ganzen Tischlerwerkzeuge und -gerätschaften mit.

In der neuen Heimat richteten wir in einem ehemaligen Kuhstall meine Tischlereiwerkstatt ein.

Aber das Geschäft ging sehr schleppend. Hier kamen noch weniger Menschen, um etwas restaurieren zu lassen, als in meiner bayerischen Heimat. Außerdem machte mir diese Tätigkeit längst nicht mehr die Freude wie in jüngeren Jahren.

Jana und ich suchten fieberhaft nach einer neuen Betätigung, die uns erfüllen könnte und auch genug Geld abwirft.

Eines Nachts hatte ich einen sehr ähnlichen Traum, wie ich ihn vor einiger Zeit öfters hatte. Wieder sah ich mich inmitten einer Schar kleiner Kinder, die mir die Hände entgegenstreckten und mich bittend, fast flehend anschauten. Auch meine Tochter war wieder mitten unter ihnen. Mir war so, als würde sie mich auffordern, etwas zu tun. Aber was nur? Erneut konnte ich mir keinen Reim darauf machen.

Am Frühstückstisch erzählte ich Jana von diesen merkwürdigen Träumen. Nachdem sie aufmerksam zugehört hatte, sagte sie: »Ja, Kinder sind wirklich ein Geschenk Gottes! Wenn es damals nach mir gegangen wäre, hätte ich eine Ausbildung zur Erzieherin oder Kindergärtnerin absolviert – so wie meine Cousine Hanna, die ich wegen ihrer Aufgabe sehr beneide.«

Das war es! Die Idee stand glasklar vor meinem Seelenauge! Ohne noch lange überlegen zu müssen, platzte es aus mir heraus: »Liebste Jana, was hältst du davon, wenn wir die ehemalige Gaststube zu einem privaten Kindergarten umbauen?«

Jana war vor Begeisterung ganz außer sich: »Das wäre ja phantastisch! Das wäre die Erfüllung meines geheimen Lebenstraums, den ich eigentlich schon längst aufgegeben hatte. Es gibt hier in der ganzen Stadt nur einen einzigen Kindergarten. Der kann nicht annähernd genügend Plätze bieten. Außerdem ist dort ein Platz sehr teuer, so dass viele Eltern sich das gar nicht leisten können. Die Stadt benötigt kaum etwas anderes so dringend wie einen weiteren Kindergarten.«

Dann meinte sie noch, dass es kein Problem darstellen dürfte, die Genehmigung für den notwendigen Umbau sowie das Betreiben des Kindergartens zu bekommen, zumal ihr Schwager eine leitende Position in der Stadtverwaltung bekleide und bei solchen Entscheidungen ein großes Mitspracherecht habe.

Wir übertrafen uns gegenseitig mit unseren Ideen und begannen noch am gleichen Tag mit den Planungen.

Schon nach einer Woche konnten wir einen Architekten beauftragen, der unsere Vorgaben in einen Plan umsetzte.

Die Genehmigung für den Umbau und die Eröffnung eines Kindergartens bekamen wir schnell und problemlos. Es gab nur eine Auflage: Wir mussten eine examinierte Erzieherin einstellen. Jana fragte unverzüglich ihre Cousine Hanna, die sofort zusagte.

Als ich mich eines Abends mit Jana in der Küche unterhielt, sagte ich: »Ich war noch ein halbes Kind, als ich den starken Wunsch verspürte, die tschechische Sprache zu lernen. Ich konnte mir diesen Wunsch gar nicht erklären.

Obwohl meine Eltern von der Idee nicht viel hielten und ich den Zweck auch nicht verstand, lernte ich in den nächsten Jahren sehr fleißig eure Sprache. Erst jetzt weiß ich, was der Sinn war!«

Jana entgegnete: »Ja, das ist offenkundig. Hättest du die Sprache nicht beherrscht, wären wir uns wohl nie nahegekommen. Dann hätten wir auch niemals dieses Projekt in Angriff nehmen können.«

»Richtig! Es ist wirklich oftmals so, dass man in seinem Leben einen Drang empfindet, irgendetwas zu lernen oder zu machen, was man sich gar nicht recht erklären kann und was zunächst – vielleicht sogar lange Zeit – auch keine Früchte trägt. Erst nach vielen Jahren wird einem dann klar, wozu es gut oder gar notwendig war!

Ich bin mir sicher, dass es damals mein Engel war, der mir diesen Impuls gab, weil er die Notwendigkeit erkannte.«

»Ja, das ist sehr wahrscheinlich.«

Innerlich bedankte ich mich bei Angelo von ganzem Herzen.

Bevor es so richtig losging, nahmen wir uns die Zeit, unsere Beziehung zu legalisieren. An Janas vierzigstem Geburtstag schlossen wir die Ehe. Die anschließende Feier fand in kleinem Rahmen in der Gaststube statt. Es war das letzte Mal, dass dieser Raum seinen ursprünglichen Zweck erfüllte.

Jetzt hatten auch Marek und Milena wieder einen Vater, den sie dringend benötigten. Ich hätte es nie für möglich gehalten, dass ich mit meinen fast fünfzig Jahren noch einmal ein privates Glück finden könnte. Von heute auf morgen wurde ich noch einmal Familienvater.

Dann folgten einige sehr arbeitsintensive Monate.

Während wir die Umbauarbeiten, die gar nicht einmal so aufwendig waren, in Auftrag gaben, war ich in dieser Zeit Tag für Tag in der Werkstatt, um Bänke, Stühle und Tische zu schreinern. Außerdem fertigte ich jede Menge Holzspielzeug sowie ein Klettergerüst, Wippen und Schaukeln für den Spielplatz, den wir in einem Teil des Gartens anlegten.

Noch nie bin ich in meiner Arbeit so aufgegangen wie in diesen Wochen. Mein ganzer Stolz gehörte einem mannshohen Engelrelief, das ich neben der Eingangstür montierte.
   Jana belegte in dieser Zeit ein paar Kurse über Kindererziehung.

Wir kamen überein, unseren Kindergarten »Domov strážích andělů« zu nennen, was im Deutschen »Heim der Schutzengel« bedeutet.

Finanziell stellte das alles kein Problem dar. Jana verkaufte einige Hektar Wald und ein paar Felder, und ich hatte ja noch das Geld, das ich durch den Verkauf meines Hauses bekommen hatte. Somit konnten wir alles gleich bezahlen und hatten trotzdem noch ein stattliches Rücklagenpolster.

Bereits im Herbst 2014 war es so weit: Wir konnten den Hort eröffnen.

Gleich zu Beginn wurden zwölf Kinder im Alter zwischen zwei und fünf Jahren angemeldet. Es waren vorwiegend solche, die im städtischen Kindergarten keinen Platz bekommen hatten. In drei Fällen war es so, dass die Eltern ihre Kinder aus dem Hort der Stadt zu uns brachten, weil ihnen der Name und die damit wohl verbundene Intention so gut gefallen hatten.
   Hinzu kam noch Janas Tochter Milena, die bis zur Einschulung natürlich auch in unserer Einrichtung betreut wurde. Marek war schon in der Schule.

Kürzlich konnten wir das 5-jährige Bestehen unseres Kinderhortes feiern.

In dieser Zeit hat sich einiges getan.

Nachdem wir anfangs nur zwölf Kinder zu betreuen hatten, sind es jetzt im Durchschnitt zwischen vierzig und fünfzig. Insbesondere christlich und spirituell gesinnte Eltern schicken ihre Kinder vorzugsweise zu uns, da sich die Ausrichtung unserer Arbeit herumgesprochen hat.

Da wir diese Aufgabe zu dritt nicht mehr bewältigen konnten, haben wir noch zwei junge Erzieherinnen eingestellt.

Die Kinder, die sich übrigens immer köstlich über meinen deutschen Akzent amüsieren, werden von ihren Eltern gegen 7 Uhr gebracht und in den meisten Fällen in der Mittagszeit wieder abgeholt. Wir bieten allerdings auch eine Nachmittagsbetreuung an, die von etwa der Hälfte der Kinder in Anspruch genommen wird.

Ein typischer Tagesablauf schaut in etwa wie folgt aus:

Bei schönem Wetter verbringen wir mit den Kindern einen Großteil der Zeit im Freien. Oft wandere ich mit ihnen im angrenzenden Wald und erkläre ihnen einiges über die Fauna und Flora. In unserem großen Garten machen wir häufig die unterschiedlichsten Spiele. Manchmal dürfen die Kinder sich auf dem Spielplatz vergnügen.

Auch im Haus werden sehr viele Spiele gemacht. Hanna und die beiden jungen Erzieherinnen basteln und malen häufig mit den Kindern. Jana backt mit ihnen oftmals Kuchen oder Plätzchen.

Regelmäßig liest einer von uns den Kindern Geschichten vor. Wir bevorzugen solche, die von Engeln handeln, und natürlich Grimms Märchen. Schließlich hatte Angelo darauf hingewiesen, dass in diesen sehr viele Weisheiten stecken.

Die Tage sind für Jana und mich immer sehr anstrengend, aber äußerst erfüllend.

Besonders wichtig ist es uns, die Kinder nicht mit irgendeinem ›toten Wissen‹ vollzustopfen und nichts von dem, was sie später noch früh genug in der Schule lernen, vorwegzunehmen. Insbesondere führen wir sie nicht bereits ans Lesen und Schreiben heran, was aus spiritueller Sicht in diesem Alter sehr kritisch zu bewerten ist.

Leider gilt das heute in vielen Kindergärten als ein Ideal.

Wir fordern übrigens keine festen Gebühren. Alle Eltern sollen so viel geben, wie sie können bzw. wie es ihnen unsere Arbeit wert ist. Dadurch ist es auch einigen Kindern möglich, unsere Einrichtung zu besuchen, deren Eltern sich keine Gebühren leisten könnten. Erfreulicherweise zahlen aber manche gut betuchte Eltern mehr als sie eigentlich müssten.

In jedem Jahr deklarieren wir in der Adventszeit eine Woche als »Schutzengelwoche«. In dieser Zeit geht es ausschließlich um dieses Thema. Schon in den Tagen zuvor basteln wir mit den Kindern goldene Flügel aus Papier oder Stoff, die sie dann in dieser Woche tragen dürfen, was sie stets sehr stolz und freudig tun.

In den Schutzengelwochen fertigen wir Engel, Sterne und Tannenbäume aus Holz, die später als Weihnachtsbaumschmuck verwandt werden können. Die Kinder dürfen sie bemalen und anschließend mit nach Hause nehmen. Dann lesen wir ihnen Geschichten vor, die von Engeln handeln, lernen Engelgebete, Engelgedichte und vieles mehr.

Die Kinder sind stets mit großer Begeisterung und ganzem Herzen bei der Sache.

Häufig frage ich die Kinder, wie sie sich einen Engel vorstellen. Die weitaus meisten haben die gleiche Vorstellung wie ich sie als Kind hatte. Sie beschreiben ihn als ein schönes weibliches Wesen mit goldenen Flügeln, langen goldenen Haaren und langem weißen Gewand. Lediglich die Farbe und die Länge der Haare und des Gewandes variieren in den einzelnen Schilderungen. Es gab allerdings auch ein paar Vorstellungen, die von den üblichen stark abweichen. So hörte ich etwa auch die folgenden Beschreibungen:

»Ein Engel sieht aus wie ein ganz fröhlich tanzender Regenbogen.«

»Mein Engel sieht aus wie ein Wasserfall, auf den die Sonne scheint.«

»Mein Engel ähnelt einer Wolke.«

»Ein Engel sieht aus wie ein bunter Vogel mit übergroßen Flügeln.«

»Mein Engel sieht aus wie ein junger Mann mit blonden Haaren, der nur mit einem Lendenschurz bekleidet ist.«

Hin und wieder stelle ich die Frage: »Hat einer von euch schon einmal mit seinem Schutzengel gesprochen?« Fast alle bejahen diese Frage. Manche sagen sogar, dass sie jeden Tag mit ihm sprechen und ihm alles erzählen.

Auch wenn bei einigen möglicherweise die Phantasie mit ihnen durchgegangen sein mag, bin ich mir sicher, dass es wahr ist. Schließlich kann ich mich noch gut daran erinnern, dass das bei mir als Kind genauso war.

In der Schutzengelwoche des letzten Jahres habe ich ein kleines Experiment gemacht: Ich las den Kindern eine kurze, sehr berührende Engelgeschichte in meiner Muttersprache vor, von der sie natürlich kein Wort verstehen konnten. Ich bemühte mich nach Kräften, jeden Satz mit intensiven Gedanken und starken Gefühlen zu durchpulsen sowie ein wenig zu gestikulieren.

Das Ergebnis war für mich nicht völlig unerwartet, aber doch ein wenig verblüffend: Die Kinder hatten den Sinn und den Inhalt der Geschichte verstanden, wie anschließende Nachfragen eindeutig ergaben!

* * * * * * *

Wenn ich einen Blick auf mein heutiges Leben werfe, so kann ich ohne jede Übertreibung sagen, dass ich ein überaus zufriedener und glücklicher Mensch bin.

Insbesondere meine Arbeit mit den Kindern erfüllt mich mit Glückseligkeit. Ich könnte mir keine andere Tätigkeit und kein anderes Leben mehr vorstellen.

Ich habe nicht den geringsten Zweifel, dass ich meine Lebensaufgabe gefunden habe, wenngleich es lange gedauert hat.

Auch ist mir jetzt völlig klar, was mein Engel damit meinte, als er sagte, dass ich auf der Erde noch gebraucht werde, dass noch wichtige Aufgaben auf mich warten.

All dieses wäre mir verwehrt geblieben, wenn mich mein treuer himmlischer Freund nicht davor bewahrt hätte, den fest geplanten Suizid zu begehen...

Ja, mein Engel hatte mich wirklich *zweimal* gerettet!

Sein erstes Einschreiten hatte mich davor bewahrt, mir das Leben zu nehmen.

Seine zweite segensreiche Tat bestand darin, mich zu meiner Lebensaufgabe, die ich mir im Vorgeburtlichen gestellt hatte, hinzuführen.

Übrigens, vor kurzem habe ich meiner Frau dann doch von meinen Gesprächen mit Angelo erzählt. Sie hat mich ermutigt, dieses Buch zu schreiben, damit möglichst viele Menschen von dem, was mein Engel mich gelehrt hatte, erfahren können.

An meinen Engel

Immer bist Du zur Stelle.

Lässt mich finden,
*   was ich suche,*
lässt gelingen,
*   worum ich bange,*
lässt mich aufhorchen
*   für das, was ansteht.*

Wenn mir Tränen fließen,
*   wenn ein Druck im Hals,*
bist Du gegenwärtig.

Wenn ich vor Erregung bebe,
*   lenkst Du meinen Atem.*

Vieles ordnest Du im Voraus,
*   was mich sonst*
*   überfordern würde.*

Froh und dankbar
seuf'z ich dann mein Danke,
*   Dank, mein Engel, danke,*
dass Du immerfort zur Stelle.

Renate Loebner

(aus *»Blatt für Blatt Zuversicht«*)

**Umfassende Informationen
zu vielen weiteren spannenden und
informativen *spirituellen* Büchern
mit ausführlichen Leseproben
finden Sie auf meiner
offiziellen Autoren-Website:**

www.Justen-Buecher.com